浮生：拴在琴弦上的魂

郑州大学出版社
郑州

图书在版编目(CIP)数据

浮生·拴在琴弦上的魂/马国兴,吕双喜主编.—郑州:
郑州大学出版社,2019.2
　(小小说美文馆)
　ISBN 978-7-5645-5982-3

　Ⅰ.①浮…　Ⅱ.①马…②吕…　Ⅲ.①小小说-小说
集-中国-当代　Ⅳ.①I247.82

　中国版本图书馆 CIP 数据核字(2019)第 006580 号

郑州大学出版社出版发行

郑州市大学路 40 号　　　　　　　　邮政编码:450052
出版人:张功员　　　　　　　　　　发行部电话:0371-66658405
全国新华书店经销
河南龙华印务有限公司印制
开本:710 mm×1 010 mm　1/16
印张:10
字数:146 千字
版次:2019 年 2 月第 1 版　　　　　　印次:2019 年 2 月第 1 次印刷

书号:ISBN 978-7-5645-5982-3　　　定价:29.80 元

编委名单

总策划　任晓燕

主　编　马国兴　吕双喜

副主编　王彦艳　郜　毅

编　委　马　骁　牛桂玲　胡红影　李锦霞
　　　　　　段　明　孙文然　丁爱红　郑　静
　　　　　　付　强　连俊超　郭　恒

序

任晓燕

　　"小小说美文馆"丛书这项出版工程，推举小小说作家，推出小小说作品，推广小小说文体，为进一步推动全民阅读工作常态化、规范化，提升国民素质和社会文明程度，共同建设书香社会，做出了应有的贡献。

　　纵观我国现代文学史，每一种文体的兴盛都有其复杂的社会文化背景。其中，传媒载体是一个不容忽视的重要条件。如大型文学期刊之于中、短篇小说，报纸文化副刊之于散文、随笔。现代社会，传媒往往引导着阅读的时尚。

　　当代中国的小小说，也是如此。

　　仅仅在三十多年前，小小说对于读者来说，还是一个较为陌生的概念。在称谓上也五花八门，诸如微型小说、一分钟小说、超短篇小说、袖珍小说、千字小说、快餐小说、迷你小说等。当时，全国没有一家小小说专业报刊，小小说作品往往作为报刊的补白或点缀，难登大雅之堂。与之相对应，也没有专门从事小小说创作的作家，大都属于散兵游勇式的业余创作。而全国性的文学评奖，更是从来就没有小小说的一席之地。

　　在这种情况下，1982 年 10 月，郑州小小说文化传媒有限公司的前身百花园杂志社，敢为天下先，在旗下的文学期刊《百花园》推出"小小说专号"，引起文学界的关注，受到读者的欢迎。此后，1985 年 1 月，《小小说选刊》正式创刊；1990 年 1 月，《百花园》改版为专发小小说的期刊。此外，百花园杂志社还多次举办小小说笔会、评奖等文学活动，先后创办小小说学会、函授学校等民间机构，不断推进小小说作家专集、作品选本等出版项目。

　　通过业界同仁多年不懈的努力，小小说已从点点泛绿到蔚然成林，以独立的姿态屹立于中国当代文坛，跻身"小说四大家族"，并进入鲁迅文学奖评选序列，在全国各地拥有逾千人的较为稳定的创作队伍，成为广大读者喜闻乐见的文体。

小小说是新兴的文体，又有着古老的渊源，在一定程度上，它与文学的起源密不可分：上古神话传说如《夸父逐日》《嫦娥奔月》《女娲补天》等，就具有小小说精炼、精美的叙事特征；春秋战国的诸子著述，不乏微型珍品；南朝刘义庆的《世说新语》，堪称我国最早出现的小小说集；宋代人编撰的《太平广记》，可谓自汉代至宋初野史小小说的集大成著作；清代蒲松龄的《聊斋志异》，创立古典小小说的高峰；现代鲁迅的《一件小事》等，开启白话小小说兴盛的序幕。

近几十年来，小小说之所以大行其道，是与现代生活节奏合拍分不开的。从这个角度来说，小小说是一种最具有读者意识的文体。同时，小小说受到世人的普遍关注，根本原因在于展示出了宝贵的文学艺术价值。当代中国的小小说，继承了从古代神话到诸子寓言、从史传文学到笔记小说的叙事艺术传统，并与各种艺术形式的美学精神相通相融。比如对意象之美和境界之美的追求，就代表着中国文艺美学的主要传统，它是至高的，也是永恒的，也正是小小说艺术的自我要求。

文学创作的成功与否，不能以篇幅长短而论，最终还是看思想艺术上的成就。诸多优秀小小说作品，言近旨远，微言大义，给读者留下了难以磨灭的印象，其艺术含量和思想容量丝毫不逊于中、短篇小说。所以，小小说最能够、也最便于在读者心灵上打下烙印，原因就在于它的精炼和集中，常常呈现给读者引人入胜或发人深思的典型事件，性格鲜明的典型人物。小小说还是"留白的艺术"，把最大的想象空间留给读者，去回味、创造和补充。小小说对语言的要求很高，诗歌创作中的炼字炼意，对于小小说同样适用。

当代中国的小小说已形成气候，成为一种广阔的文学景观。今日，小小说已步入创作成熟期，以特有的艺术魅力丰富着我们的精神生活，也必将在文学史上留下自己的位置。在此，作为一位"小小说人"，我期望小小说作家像苍穹中的繁星那样，闪烁出五彩缤纷的个性之光。

（任晓燕，郑州小小说文化传媒有限公司董事长，《百花园》《小小说选刊》总编辑。）

目 录

1

痴 子

邓洪卫

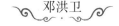

我们那里,有一段时间把流氓叫阿飞。据说上海人都这么叫。阿飞就是不学好的人,混子。阿飞一般都留着长头发,穿着喇叭裤或牛仔裤。喇叭裤裤脚那个大呀,走起路来晃晃的,赛扫把,把地扫得干干净净的。牛仔裤呢?都把裤脚扯坏了,灯笼穗子一样。那样显得另类,与众不同。

阿飞也有女的,不多。叶三就是女阿飞。

叶三,大名叫叶丽芳。好像跟一个香港歌星名字差不多。但很少有人叫她名字,都叫她叶三,或者三姐。

阿飞都义气,都爽快,包括在感情上。叶三原本不是阿飞,在学校时,她性格比较外向,喜欢独来独往,喜欢到街上看电影,看录像。被一些社会上的人盯上了,逗她,还到学校里找她。有一回,两拨儿人为她拉开架势决斗。叶三看了,觉得很刺激,就跟胜了的那方好了,就成了阿飞。

当阿飞这几年,叶三风风光光,没人敢惹。但有快乐必有痛苦。叶三为此堕了几回胎,身子骨有点儿虚。

叶三没感觉怎么样,但叶三的父母着急了。叶三的父母总觉得有人对他们家指指点点,感到这样下去,女儿就毁了。

就托人找关系,从外县过来,进了我们厂。虽然是从外县过来的,还是

有人知道叶三的声名。有人指指点点:听说没有,叶三是个阿飞。

大家都对她心怀戒备,不敢对她乱讲。

厂里有个人,叫魏二,跟叶三上一个班。魏二也来自外县,人很实在。不知怎么,他特喜欢叶三,不仅喜欢,而且着迷。帮叶三打饭,把好吃的菜都夹给叶三,吃完了,还抢着洗碗。上下班,都带着叶三。为了方便带,魏二还买了辆摩托。有时叶三骑,有时魏二骑。

叶三说:"我不是好人,你不要跟我交往。"

魏二说:"你怎么不是好人呢? 你是好人。"

叶三说:"我真不是好人。"

魏二说:"谁是好人? 谁是坏人? 有什么标准,我喜欢你,你就是好人。"

叶三叹了一口气,说:"你真是个痴子。"

厂里人都在背地说魏二痴。可又不敢当面跟魏二说什么,怕魏二去告诉叶三。

叶三说:"既然我们处对象了,那这样吧,我的工资存起来,留着以后办大事用,就用你一个人的工资。"

魏二说:"好。"

就按叶三说的办,只用魏二一个人的工资。

有一天,叶三说:"我有个表哥在宁波当兵,我们从小一起长大的,有感情,我想去看看他。"

魏二说:"好啊。"

魏二把这个月的工资都交给叶三,叶三打点行装,就去了宁波。

一去一个星期,才回来。魏二请叶三下馆子。那时候刚流行吃火锅。就到重庆火锅店,为叶三接风。

魏二问:"见着表哥了吗?"

叶三说:"当然见着了。"

魏二说:"你跟表哥提到我了吗?"

叶三一愣，说："没啊，提你干啥？"

魏二低下头，有点儿沮丧。

叶三笑了，说："提你了，他说以后回来，来看看我们。"

魏二笑了，给叶三夹了一块肉。

两年后，叶三的表哥真的回来了。叶三对魏二说："我表哥回来了，今天要来看我。"

魏二说："太好了，我们请他吃火锅吧。红红火火，多好。"

叶三说："你先不着急，我去见见他，他还有战友要见，要一起吃饭。"

魏二说："那我明晚请客。"

叶三出去了，晚上没有回来。第二天早上回到自己宿舍。

魏二正在门口等她。两人进了屋。叶三对魏二说："咱们到此为止吧，以后别跟人说我们是恋人了，我们只是好朋友。"

魏二说："怎么了？"

叶三说："他不是我表哥，是我男朋友。他回来了，我要跟他结婚了。"

魏二蒙了，说："怎么这样啊，你不是骗我啊？"

叶三说："这次不是骗你，以前都是骗你。"

叶三想了想，又说："不过，也不是骗你，是救你，给你上堂人生课。"

魏二呆呆地看着叶三，不知说什么好。

叶三从抽屉里拿出个存折来，说："这是这几年我存的工资的一半，有两万块钱。现在你有两个选择，一个是把存折拿去，一个是我们俩真正好一次。"

魏二说："三儿，存折我不要，我只想你跟我好一次，我们谈了两年，你都没跟我好一次。"

叶三想了想说："好吧。"

缓缓地脱了衣服，露出自己的身体。虽然打了几次胎，但叶三的身体还是很饱满的，皮肤也很光滑。

浮生·拴在琴弦上的魂

两个人好完了。叶三说:"这下好了吧,你可以走了。"

魏二起身又一次看了看叶三,低着头,往外走。

叶三说:"等等。"

魏二回头。叶三递过存折说:"你全拿去吧,感谢你陪我这两年。"

魏二说:"我不要。"

叶三把存折塞到魏二的口袋里。魏二低着头出了门。

身后传来叶三的声音:"二啊,你记住喽,今后,能爱的爱,不能爱的,千万不要爱。"

叶三又说:"不要跟个痴子一样!"

魏二哭着回了自己宿舍。

叶三结婚了,跟她"表哥"。婚礼上,魏二没来,但他给叶三寄来了存折。

结婚后,叶三跟"表哥"没有孩子。不是没怀孕,怀了两次孕,又丢了。

叶三控制力差,怀了孕还出去运动、喝酒。本来就不牢固,一折腾,就丢了。

流了两次产,就再也没怀上。

"表哥"叹了口气说:"没人管得住你,自己怎么就管不了自己? 你真是个痴子呀。"

叶三流泪了,说:"我怎么也成痴子了呢?"

怪　胎

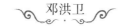

邓洪卫

一般人进到厂里,就再不肯学习了。因为进厂的,基本上都是高考落榜生,被高考碰得头破血流,有的考了两三年都没考上。现在得到机会,进了厂,开始新生活了,再不用背书算题了,可得好好玩玩。只有玩,能治疗高考的伤,能让人忘记那段艰苦岁月。

柳妹不是高考落榜生。离高考还有两个多月,早几年考上大学在城里工作的哥哥回来,给柳妹出了一道人生的选择题——有一个厂招人,还有一个星期截止,哥哥有个同学在厂里当小领导,能说得上话,两个选项:A继续高考;B报名进厂。这道选择题不用计算,简洁明了,却把柳妹难得够呛。柳妹也给自己出了一道选择题——假如不进厂,参加高考,结果是:A考上;B落榜;C说不准。柳妹选的是C,说不准。就这样考虑了一周,最后一天,终于给了哥哥一个答案:B。

就这样,柳妹进了厂。

对了,柳妹不是女的,是个纯爷们儿。纯爷们儿怎么叫柳妹呢?因为他男生女相。柳妹个头高,细长条,走路时头略向前勾着,我们那地方叫"拎肩"。柳妹的脸也细细长长,眼睛也细细长长,嘴也细细长长。他爱笑。一笑,细长的眼睛眯成一条缝,细长的嘴巴向右斜牵着咧开,就会凹出一个动

人的酒窝。

柳妹的名字里，有一个字是柳。再加上他细细长长的样儿，所以大伙儿都叫他柳妹。

柳妹爱学习。

柳妹跟我们一起上班时，除了认真学习工作所需要的专业知识，还参加了自学考试。班上，别人要么瞎聊瞎侃，要么呼呼大睡时，他手里总捧着一本书，夜以继日地学啊学的。有时候，捧着本书打瞌睡，醒了继续学。

一度，我们都拿他当笑话说。跟人争谁有本事时，我们会说，你本事大，大得过柳妹呀？你如果能有柳妹那个学习劲儿，我就承认你有本事。说完了，大伙儿都嘎嘎地笑起来。

你笑你的，人家柳妹不在乎。他从书本上抬起头来，冲我们也笑笑，低头继续看书。在我们的取笑中，他自学考试取得了大专学历，又过几年，拿了本科学历。

学历有什么用呢？还不是跟我们一起上下班，做同样的事，拿同样的钱吗？放着眼前的舒心日子不过，白吃那份苦干啥？真乃怪胎也。

除工作学习外，柳妹还做着其他的事。他搞过推销。有一天，他忽然在我们面前的一张大桌子上摆下一堆东西，开始做实验：两个杯子，分别倒入白醋，一个杯子里放入他代销的钙片，另一个杯子里放入另一种普通钙片。实验现象是：他推销的钙片很快溶解了，而另一种钙片长时间没有动静。实验证明：他推销的钙片更容易被人体吸收，而另一种钙片人体根本无法吸收。那时候，同时进厂的人大都结婚成家有了孩子。孩子也都在三五岁，正是人家说的要补钙的时候。

我们都笑笑，说："不错，真不错。"但谁也不买他的产品。

柳妹坚持了一段时间推销，又做起了其他事。

我们说："你干这干那的，挣了不少钱吧？"

柳妹笑笑说："挣不挣钱是次要的，关键是得到了锻炼。"

锻炼什么呢？锻炼有什么用呢？

因为忙这忙那的，柳妹恋爱很迟。厂里的女子都看不上他，说他是书呆子，说他是怪胎，不适合过日子。外面有人介绍女子给他，他又忙着自己的大事，没时间跟人家见面约会。一年年耽误下来，后来好不容易处了一个，长得实在不咋的。

因为学习、锻炼，耽误了生活，我们都觉得不可思议。

谁也没想到，柳妹的儿子也是个怪胎。

我们的孩子都能跑了，柳妹才结婚，才生了儿子。孩子一天天长大，柳妹很幸福。经常听柳妹说孩子多聪明。可是后来，后来，突然就发现问题了：这孩子不会哭，遇到什么事都笑，打他，也笑。

去医院检查，医生说，这孩子脑子有问题，神经搭错了，缺根弦。先天的，治不好。

上幼儿园时，他总把沙子放到饭碗里。课上得好好的，他会突然站起来，来回走动。真是怪胎。这学怎么上？劝退吧。孩子就不上学了。柳妹的那个丑老婆，辞了工作，专职在家里带孩子。

我们都觉得柳妹这回肯定受不了这个打击，安稳下来，不学习，不出去兼职了。

可是，柳妹仍开开心心地上班，遇到人仍然是眯着细细长长的眼睛，咧开细细长长的嘴，笑。

他一笑，让人想起他儿子的笑，都觉得不好受。

忽有一日，柳妹辞职，应聘到广东一个公司去了。那个公司看了柳妹的学历、在单位的专业，喊去一面试，口才很好。（柳妹以前很腼腆的，跟大姑娘似的，怎么就口才好了呢？应该是搞推销时锻炼的。）有学历，有经历，有专业，有能力，还有啥说的？人才呀。这样的人才不聘，聘谁呀？就聘了。答应安排全家，还给了一套房子。就这样，柳妹去了南方。

我们都愣住了，我们厂里的领导也愣住了，真邪门儿了，怎么在咱们这

浮生·拴在琴弦上的魂

儿是个怪胎、书呆子,到人家那儿就是人才了呢?这差别也太大了。

柳妹南迁的那天,我们都去车站送行。柳妹仍然乐呵呵、笑眯眯的,向每一位同事道别,说:"有时间去南方玩啊。"

"玩啊玩啊。"人家都应承着,心里都感觉很伤感,笑不起来。毕竟一起上班十来年了。说笑归说笑,都有感情了。

"一定要到南方找我爸爸玩呀!"

柳妹的儿子半天没说话,突然蹦出一句来。

我们先是一愣,继而都哈哈大笑起来。笑得最开心的,是柳妹的儿子。

柳妹的儿子说,南边有大海,好蓝好蓝的呀!

鬼 干

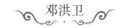

邓洪卫

银行分理处往南一百米,是条小巷。过了巷口,是南风镇的车站。

早些时候,车站运转还是正常的。有售票厅,有候车室,有停车场。后来,这些场地虽然还在,但不起作用了。车站的效益不好,来往的客车不进站,只是在路边停一下。乘客也在路边等待。空下来的停车场租给人家停大货车了。车站的前面也有一大片空地,也租出去停大货车。就这样,人员工资还发不全,只好减员。售票员被减下去了,薛站长和一个副站长亲自上阵,一人半天。

薛站长舍不得售票员走,可是不走不行啊。薛站长跟售票员搭档快十年了,搭来搭去,也搭出感情了。都说他跟售票员有一腿子,但只是猜测,谁也没见过。薛站长很坦然,嘎嘎地笑着说:"好像有这么回事。"

边说,边看售票员。售票员也笑,骂:"你瘦得跟鬼干似的,能行吗?"

鬼干是什么样子呢?

大概人们想象中的鬼都是干瘦干瘦的。

薛站长确实瘦。瘦而高。邋邋遢遢。头发长长的,蓬乱着,像刚从被窝里爬出来。有时,眼角还夹着一坨眼屎。胡子也长时间不刮,毛毛拉拉的。他永远穿着车站的制服,皱巴巴的,油乎乎的,估计很少洗,即便洗了,也只

是在水里揉揉，从来不熨烫。

"你老婆怎么就不帮你收拾收拾？她成天在家也没事啊！"售票员有时会忍不住问他。

"她成天在家看电视，电视迷。"薛站长说。

售票员比薛站长小五岁，可看上去，两人相差能有十来岁。他显得老了。

有时，售票员忍不住帮他掸掸身上的尘土，帮他把头发上的草叶拿掉。

也是奇怪，没有下地干活儿，头发上哪来的草叶呢？

薛站长跟上面申请："能不能不让售票员走。"上面说："她要不走，你就走。"

还有什么说的？他只得对售票员说："你回去也没什么事，我在门口让一块空地给你，你请人做个铁皮棚子，开个小店，卖卖烟，卖卖茶水吧。"

"这倒是个不错的主意，卖得好，比售票员的工资还高。"售票员同意了。

售票员的老公前两年生病死了。售票员带着一个孩子。孩子正上学。售票员肩上的担子，还是很重的。

如果让她下岗回去，这生活怎么过呀？

每天早上，薛站长早早起来，站在大货车的前面，卖票。客车来了，停下来，他指挥乘客上车。有时跟车上的驾驶员说一两句笑话。闲下来，就跟大货车的驾驶员聊聊天。

经常跟他聊天的货车驾驶员姓刘。小刘三十多岁，正是打个喷嚏都能打出荷尔蒙的年龄。他跟薛站长说，自己外面相好的两位数往上，晚上想让谁来，谁就得来。

薛站长说："你也别晚上，就现在叫个来看看。"

小刘立即打电话。不大一会儿，果然有一个女人骑着自行车就过来了。这女人拉开车门就上了货车的副驾驶，两人在车上嘻嘻哈哈。聊了一会儿，忽然都跳下车来。小刘对薛站长说："反正没有客户要车，闲着也是闲着，我去去就来。"两个人一前一后，往"得月楼"方向去了。大概有半个多小时的样子，小刘过来了，一脸的满足。他对薛站长说："刚办完事，她回去了，我得接着拉活儿。"

薛站长说："到底年轻啊，趁空隙办完事，不耽误挣钱。"

小刘很得意："那是，人生得及时行乐啊，说不定哪天一个意外就完了，想快活都快活不起来了。"

第二天，小刘又叫来一个女的，同样去"得月楼"办完事，又回来开车。

薛站长说："小刘，你这样会出事的，干完这事容易困倦，不能开车。"

小刘说："那是你，我年轻，没事！"

薛站长叹息一声："人呀，不能太逞能。"

又说："你这样迟早要出事！"

果然让薛站长给说中了。真的出事了。小刘开车撞了人，撞的这个人正是薛站长。

薛站长在路边卖票。小刘接到客户的电话，去拉货。他迷迷糊糊地发动货车，一踩油门，把路边卖票的薛站长撞倒了。

有人喊："没得命了，撞人了。"

小刘把车往回倒了倒，又一踩油门，车轮二次从薛站长身上碾压了过去。

在不远处卖烟的售票员看得清清楚楚，她冲过来，看到车轮下被压瘪了的薛站长，真的成了鬼干了，血肉模糊的鬼干。

售票员失声痛哭。小刘从车上下来，默默地看着鬼干，心里说："对不起了，老薛，我只能再碾你一下，不然，我得供你一辈子。"

售票员跑着去喊薛站长的老婆。那个婆娘正在看电视剧，看得入迷。售票员喊了几声，她才明白过来。出门的时候，还往电视上看了一眼。

后来，售票员多方奔走，为薛站长申诉。小刘被起诉，判刑，又赔了一大笔钱。

薛站长的老婆得了这笔钱，回乡下去了。

浮生·拴在琴弦上的魂

洁　癖

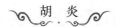

胡　炎

老杨是个寂寞的人。

火化工这份工作，对老杨来说，不如说是一门手艺。再难烧的尸体，在他手下都服服帖帖，成清一色细灰，不给亡魂留下一点儿尘世眷恋。

每次下班，老杨都会干呕一阵。脏，脑子里就这一个字。老杨在澡堂的大池子里泡，再到淋浴下冲，肥皂打了一遍又一遍，皮都差点儿搓破了，可怎么都洗不掉身上的死人味儿。

因了这脏，老杨有了洁癖。

老杨的家很俭朴，但干净得一尘不染。这是他一个人的家，不会有第二个人带进来一丝风尘。每到子夜，老杨用酒精把自己擦洗一遍，对着镜子，悄悄地说心里话。他觉得，镜子里的人不是那个现实中的自己，而是他的灵魂。那个灵魂圣洁而高贵，超越了俗世的龌龊和卑微，让他双目潮润。

一个和灵魂对话的人，又怎能不寂寞呢？

但在这世上，寂寞的人不止老杨一个。有这么一个女人，总是穿一身白大褂，也常常和死人打交道，还用刀子切割那些死人，给一帮忐忑不安的学生讲生理解剖。没错，她是卫校的老师。女人叫江月，老公是政府部门一个不大不小的领导。在她四十岁那年，老公把不为人知的情人变成了老婆。

江月眼含泪水,问:"为什么?"老公淡淡地答:"我闻不惯你身上的甲酚味儿。"江月咬碎了牙,在课堂上竟第一次失了手,刀子走偏了。她对不起面前的那个死人。她觉得自己也是一个死人——她的心死了。

后来,她想到了老杨。

"你好吗?"电话里,她问。

"好……好着咧。"老杨有些发呆,这个号码在手机通讯录里已经沉睡多年了。

"能见个面吗?"

"有……有事?"

"没事,就想说说话。"

"哦……"老杨竟有些心跳,沉吟半晌,说,"不见了吧?你好……就好。"

"我不好!"江月的声音高起来,连她自己都吓了一跳,凭什么冲老杨发火?不可理喻!她挂了电话,眼泪却莫名其妙地下来了。

老杨的耳朵被震疼了,心也被震疼了。多年前的记忆,像一只冬眠的青蛙跳了出来。那时还是上高中的时候,两个人默默相爱了。可是,老杨的家很穷,娘早早没了,父亲是个大字不识的矿工。江月的家不算富裕,却还殷实,关键是她做教师的父亲,说什么也看不上一个文盲的家庭。自然,他们的爱情无疾而终。本来,两人已再无交集,但前几年江月的母亲去世,是老杨亲手送的。那天江月哭得死去活来,老杨的心像被刀戳着一样,竟也落了好多泪。老杨骗不了自己,他心里有个小屋,里面住着江月。锁住了岁月,又怎能锁住记忆呢?

"我在河边等你。"老杨重新拨通了江月的电话。

河边,桥畔,他们几乎同时到达。对望了一眼,眼神又躲开了。他们默默地走,距离不远不近,没有牵手,没有语言。月亮弯弯的,静静地待在天上,晃晃地荡在水里。不知过了多久,夜似乎也睡去了,老杨说:"不早了。"

"以后,还能一起走走吗?"江月看着他,眼神里颤着两弯月牙儿。

老杨点点头。

江月伸出手,老杨犹豫了下,很有分寸地握了握。江月的手很热,老杨的手很凉。

老杨一夜未眠。此后的许多个夜晚,老杨常常失眠。江月想和他牵手了,牵一辈子。老杨知道,那是个干净的女人,是一个月亮一样的女人。他曾经很想摘下这个月亮,可他现在不了,他习惯了一个人,习惯了一尘不染的宁静。月亮应该待在天上,或者游在水里,那里才是圣洁的,才是一个女人应该待的地方。他觉得自己这双每天接触死人的手,只要碰到那轮月亮,月亮就脏了,他自己也脏了。

日子就这么过着,两个人守着自己的世界,静默着,牵绊着,心却暖了。

这年初冬,老杨的身体开始不适,一检查,肺癌。老杨才五十出头,阎王爷的死亡通知单,不是下错了就是下早了。但老杨不怕死,或者说,他对死早已麻木了。唯一让老杨纠结的,就是怎么个死法。他厌恶一辈子为死人送行的火化炉,不想让自己也从这里走出去,变成黑烟,变成灰,和无数肮脏的灵魂搅在一起,做鬼也不干净。他没有办法选择活着,但他想为一个干净的死亡做一次主。

病危时,他拉着江月的手:"我的……月亮,现在,我把我交给你了。"

江月的泪滴在了老杨的额头上,半晌,只说了两个字:"放心。"

不久,卫校的玻璃容器内,新增了一些泡在药水里的人体器官,很干净,那是死去的老杨。

执 念

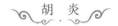

胡 炎

王槐出家的时候，下了冬天的第一场雪。

雪很厚，覆盖着寂静的古寺。山道被雪所阻，很长一段日子没有香客。王槐跟着师父诵经，木鱼的声音清脆而辽远，像是通向了另一个世界。没事的时候，王槐就蹲在屋檐下，看那些瘦小的山雀，在雪地上煞有介事地啄着什么。

师父在一旁看他。

"该放下了。"师父说。

王槐站起身，向师父施礼。

"放下执念，心就静了。"

"师父说得是。"

"心静了，才能空。"

"嗯。"

"心空了，也就禅悟了。"

王槐望着远处洁白的山脊，沉默了。大山静极了，古寺也静极了。王槐也很想让自己静下来，诵经的时候，他真的感到了空，就像师父赐给他的法号："忘怀"。可是，他不能停下来，停下来他心中的"空"就又消失了。

　　五个月过去了。

　　在城市的某个落地窗前,寰宇公司的林宏总裁正坐在老板椅上享受着春日的阳光。这时,门被推开了,他看到了一个面色沉静的和尚。

　　"你想干什么?"

　　和尚说:"你知道。"

　　林宏从抽屉里取出一沓钱:"欠你的薪水,五千元,拿去吧。"

　　和尚摇摇头。

　　"还要怎样?"

　　"我只想讨回自己的清白。"

　　那已是五年前的事了。一天早上林宏总裁发现办公室失窃,他向警方声称盗窃者是秘书王槐。

　　是的,办公室里有王槐的指纹和脚印,监控录像中也只有王槐出现在案发时间,而且王槐有作案动机。林宏说,就在不久前,王槐的文案出了问题,为此他扣发了王槐一个月的薪水。

警方带走了王槐。在众目睽睽之下,他成了一个可耻的小偷。没人听他的辩解。他在那一天喊了无数次"我是冤枉的",直到把嗓子喊哑了。很快,检察院批捕了他,然后起诉到法院。他被判了两年半有期徒刑。法庭上,他看到了林宏的笑,那笑像一把刀子,把他的灵魂捅得鲜血淋漓。

他在监狱里有过几次申诉,但都被驳回了。后来,他就沉默了。无论醒时还是梦里,他眼前总晃着林宏的笑,笑得脸都变形了……

在这个和暖的春日,忘怀和尚想,我只要一个清白,有了这个清白,心里那道坎儿就过了;过了这道坎儿,心也就静了;心静了,便彻底空了。

黄昏的时候,城市笼罩在夕阳的血色中。120急救车从一座写字楼里抬出了一个浑身是血的人,医生说已经没希望了。之后,几个警察把一个和尚押上了警车。其中一个老警察,正是当年把和尚当小偷带走的人。他附在和尚耳边悄声说:"何苦呢?你不就是要一个清白吗?实话告诉你,我知道你是清白的,因为在你入狱三个月后,我们就抓到了真正的窃贼,是他主动承认了盗窃寰宇公司总裁办公室的案件。他是个老手,没有留下任何蛛丝马迹。但我们头儿把这事压下来了,审讯笔录里根本没有这一条。本来我还同情你,这下好了,你成了杀人犯,你还清白得了吗?"

和尚垂着头,一言不发。

又是冬天第一场雪飘落的时候了。

师父站在古寺的最高处,望着苍茫的远方。雪花真有鹅毛那么大,铺天盖地纷纷扬扬。天气预报说,这是本地百年不遇的一场暴雪。

师父看着看着,忽然一声长叹:"到底没有放下啊!"

这天,师父的诵经声持续了很长时间,他在超度一个死囚的灵魂。

浮 屠

胡 炎

清晓这个小和尚,住持很是喜欢。

原因很简单,清晓是个人才。

刚出家的时候,住持还有些怀疑:"年纪轻轻的,为什么选择出家呢?"

"因为……我看破了红尘。"清晓说。

"当真看破了?"

"当真。"

住持沉吟了一下,又说:"青灯黄卷,怕你吃不得这份苦。"

清晓说:"心中有佛,不苦。"

住持微笑着,亲自为他剃度。

清晓生得白白净净,而且上过大学,在寺僧中鹤立鸡群。最初他用粉笔出板报,字迹清秀得和他的长相一样,还配插图,花花草草像是活的,似乎能嗅得到花香;飞鸟彩蝶也像是活的,一阵风掠过,简直要飞起来。僧人们都说,清晓一定是神笔马良转世。

住持很看好清晓,所以经常给清晓开小灶,讲经,讲高深的佛理。他相信清晓一定会成为高僧,成为他未来的接班人。

清晓没辜负住持的厚爱,刻苦,悟性也极高,不消数月,便成了参禅悟道的佼佼者。寺内办了一份刊物,住持放手给他让他任执行主编。他接手第一期,便让人耳目一新。

"善哉!"住持对这个佛门弟子欣赏有加。

闲暇时,清晓喜欢站在古寺的宝塔上,远眺绵亘的山峦,瞭望天上的白云。他觉得,这一刻他的心都成了透明的,像空气一样,像山泉一样,像白云一样。他也会俯视香客们虔诚的跪拜,那些袅袅升腾的烟雾,代表了众生的祈愿,传递到了神秘的地方。

在一些星光熹微的夜晚,清晓也会来到这里,从宝塔的第一级,一直上到最高处,如此反反复复,似乎在丈量宝塔的历史。佛教里,佛塔亦称浮屠。所以清晓此时在这座七层高的宝塔上,心中萦回着一句老话:"救人一命,胜造七级浮屠。"

夜深的时候,清晓则站在底层一扇紧锁的门前,那里是地宫的入口。他曾经用藏在身上的工具,试着打开这扇门,但都半途而废。因为他的眼前,总会飘过圣洁的云朵,耳边也会传来悠扬的诵经声。

深秋的一天,住持已经非常虚弱。他把清晓叫到身前,双手合十,神情肃穆地看着他。

"老衲身体一日不如一日,清晓,一寺众僧,日后就交给你了。"

"不……"清晓战抖了一下。

"怎么?"

"我……道行尚浅,难堪大任。"

住持叹了口气:"给你三日,老衲等你回话。"

清晓退出来,脸色苍白得像一张纸。他没回禅房,而是又去了宝塔。这是一个没有星月的夜晚,到处是无边无际的黑暗。他在黑暗中像一个幽灵,吃力地寻找着方向。

后来,他站在了地宫的门前,站了很久很久。

浮生·拴在琴弦上的魂

凌晨时分，两个黑影钻了进来。从他们鬼鬼祟祟的动作里，清晓断定，这是两个贼。

他知道，这两个贼是冲着地宫里那件传说已久的无价之宝而来的。

"放下屠刀，立地成佛。"清晓对他们说。

住持和众僧赶到的时候，清晓已经倒在血泊中了。所幸的是，地宫的门完好无损。住持撕心裂肺地叫了声"清晓"，清晓笑了一下，含混不清地说了两个字："浮屠……"

警察很快来了，他们在一个隐蔽的角落，抓到了两个受了重伤的贼。然后，他们吃惊地看着地上的清晓："这不是我们一直在网上追捕的那个江洋大盗吗？"

清晓被抬上了车，在刺耳的警笛声中消失在了茫茫夜色中。

住持僵立着，众僧也僵立着。

许久之后，住持念了句："阿弥陀佛！"

众僧也跟着念："阿弥陀佛！"

他们看到，白髯垂胸的老住持，像一截朽败的木桩，倒在了清晓喋血的地方。

哭泣的村庄

非　鱼

被父亲送出国的时候,安国才十四岁。

他站在村口哭,死活不肯上车。父亲穿着一件宽大的黑色西装,打着鲜红的领带,头发凌乱,不停地吼叫。安国一直盯着父亲的嘴巴,却听不见他在说些什么。

那天的阳光是粉红色的,空气里弥漫着嚼碎苦杏仁一样的味道,黏糊糊、苦哈哈的,让人不安。

安国不知道英国在哪儿,怎么走。历史和地理书上提到的英国,是大不列颠及北爱尔兰联合王国,是孤独的岛屿,是浓厚的迷雾。他想不明白,父亲怎么会让他去那儿上学,他觉得乡里的联中就挺好的。

父亲说他没出息。说秦岭山里都挖出金子了,他还想着联中,狗屁大点儿的志向,不对,连狗屁都不如。

安国被父亲拽上那辆崭新的汽车,和母亲一起在后排抽抽泣泣。安国看见母亲穿着高跟鞋,细细的鞋跟上戳着一片杨树叶,还有一坨泥巴,这是他记忆里母亲最后的样子。

汽车换火车再换飞机,他紧跟着父亲宽大的西装下摆。好几次,他都想伸出手拉着那只飘飞的"黑鸟"或者握住父亲粗壮的手指。但都没有,他怕

父亲骂他吃奶娃子离不了妈,都出国留洋了还娘儿吧唧。

一路上,父亲对他说得最多的一句话是,放心,咱有钱。

他知道父亲有钱,有很多很多的钱。他在无数个晚上,看见过父亲和母亲把一捆一捆的百元大钞拆开,蘸着唾沫数一遍,再扎上。他们虽然压抑着笑声,但脸上已经乐开了花。

两年前,父亲把西屋的空面缸、老醋瓮、祖先牌位、爷爷留的八仙桌、铁锨、耙子都倒腾出来,扔得满院子都是,用砖和水泥在屋里砌了一个大大的池子,要自己搞氢化。安国问父亲氢化是什么。父亲神秘地说,炼金子。

"炼金子"三个字在安国的心里蹦跳了很长时间,他觉得这是一件很庄重神圣的事,但从父亲嘴里说出来,却有些滑稽。他知道父亲是打麦扬场的好手,顶多会修个拖拉机,现在炼金子这样的高科技,他居然也敢涉及,太可笑了。

父亲拉来一车又一车的矿石,把院子堆得满满的,那些倒腾出来的家什又被扔到了院子外面,谁顾得上管它们呢,父亲和母亲整天钻在西屋里,饭也会忘了做。

他闻到一股奇怪的味道从西屋钻出来。父亲说,这就对了,这就是氢化,马上就能见到金子了。安国真的见到了金子,并不是他想象的黄澄澄闪着亮光,而是像破铜一样,很难看的一坨。

越来越浓的味道在村里弥漫开来,安国就是在这种味道中离开,去了英国。

他不断收到父亲寄来的钱。父亲告诉他,氢化池不搞了,他包了一座山,竟打出了高品位的矿石,源源不断的金矿石够一家人吃喝几辈子。于是,安国在英国一等就是十三年,把自己变成了地道的英国人,天天喝着咖啡,吹着泰晤士河的风。

如果不是接到叔叔的电话,安国原本还计划让父亲卖掉矿山,和母亲一起到英国生活。叔叔在电话里号啕大哭,说出大事了,得赶紧回来。

矿山塌了,安国的父亲和二十多名四川来的工人被埋在山里。安国的母亲得了肺癌,已到了晚期,听到这个消息一下昏了过去,熬了两天没熬过去,也走了。

安国没有见到他们最后一面。父亲被埋在大山的深处,听说是山被挖空了,再放炮开掘,就塌了。因为矿山出事,一拨儿又一拨儿的人来调查处理事故,没有人顾及母亲的后事,就随便找了块地,草草下葬。

安国来不及悲伤,他甚至不能去看一眼那座塌陷的大山。警察、银行、处理事故的领导、保险公司,无数的人等着他,每个人都拿出厚厚的一摞材料,向他提出各种要求。他看着那些不停张合的嘴唇,又想起了离开村庄时父亲的吼叫,还有母亲鞋跟上的杨树叶,他什么也听不见。

三个月以后,一切终于平静了。

安国又闻到了那种苦杏仁一样的味道,浓烈刺鼻,让人恶心流泪。

他整日在村子里游走,像个流浪汉一样。一切都变得陌生,所有的房屋树木好像都挪了位置,面目狰狞。

巷子里空空荡荡,一个人也没有,没有牛羊的叫声,没有麻雀的聒噪,死一般沉寂。他又看到了粉红色的阳光,穿过雾蒙蒙的天空,照在灰白色的土地上。氢化过的废矿渣在空地上堆积着,填满了竹园和苇子沟,周围几十米寸草不生。

他试图找到那条被叫作五花谷的河,却发现原本宽阔的河水已经细若游丝,颜色昏黄污浊。河道就像是开了屠宰场,五脏六腑被翻得乱七八糟。

想到父亲被埋在黑暗冰冷的大山下面,母亲躺在污水横流的地下,将被矿渣层层覆盖,安国的心就像被粗齿的锯子一下一下锯着,热辣辣地疼。

他看见一个曾经叫安家沟的村庄正在消失,所有的人被慢慢地毒死,草木不生,牲畜虫蚁绝后,只有蟑螂,在空旷的房间里横行,越长越大。

忍了几个月的泪水,像决堤的河一样,在安国的脸上肆意流淌。

浮生·拴在琴弦上的魂

论王石头的重要性和非重要性

非·鱼

坐在我面前的是王石头。

"不死了?"

"没法死。"

我并不知道她到底叫什么,她没有说,我没有问。王石头这个名字,是我在心里给她取的。原因很简单,她坐下来的时候,土灰色的羽绒服随着身体的松弛,在沙发上摊成一堆,就像一块圆滚滚的石头。

被我叫作王石头的女人,一只手用力地擤了一把鼻涕,另一只手去兜里掏纸,没有。我赶紧递过去一张,她擦了擦手,又狠狠地揉了揉鼻子,把肉乎乎的鼻头揉得通红。

"死都没法死,我憋屈。"

我在一家自媒体公司工作,说起来是记者,其实就是接听电话,解答投诉,找点儿小道消息,甚至遇到像王石头这样的人,还要做一个蹩脚的心灵按摩师。

谁的头顶都是一会儿蓝天、一会儿乌云的,我还一肚子憋屈呢。之前王石头不停地给我打电话,说活不成了,要跳楼,要上吊,要吃老鼠药。每次,我都苦口婆心地劝她,给她找一万种活下去的理由,说得我脑袋缺氧。但过一段时间,她又会打来电话,我一接,她就不由分说地哭起来:"这回我是真真活不成了,你别劝我,我现在就吃安眠药。"

她最后一次打来电话时,我刚被头儿训过。原因是我提出要调部门,我受够了每天的鸡毛蒜皮,感觉自己不像是在媒体上班,更像是一个居委会大妈。头儿说我一屋不扫何以扫天下,小事做不好,到哪儿都是一块废材。说得我满腔怒火,又无处发泄。正好,王石头打来电话,说她不得不死。

"要死就赶紧。跳楼,上吊,卧轨,吃老鼠药、安眠药,点煤气,抹脖子,哪种方法都行。"我恶狠狠地说。

王石头大概没想到我会这么回答,她愣了一下,喉咙里发出不停嗳气的声音。"报警打110,死不了伤了打120。"我不由分说地挂了电话。

过了几天,头儿说有人找我。

在会客室,我见到了王石头。

她一开口说话,我就知道是她,一个多少次要死而没死的女人。

我说:"要死肯定有死的理由,为啥?"

王石头说:"日子过不下去了,哪条路都给堵死了。"

所有的路都是由一条路引出来的。起初是她得了乳腺癌,还好发现得早,没有扩散,切了一个乳房就完了,连化疗都不用做。可她所在的单位找了个借口,把她开除了,她就没工作了。丢了工作,她天天在家穿着睡衣,脸也不洗,愁眉苦脸。老公看了心烦,回家就发脾气。闺女让她检查作业,她心不在焉,总是弄错,闺女也嫌弃她。她更是心懒,屋子也不收拾,到后来,饭也做得七生八熟。老公开始跟她吵,摔东西,甚至动手打她。于是,她开始一次次地想一死了之,最后却变成了以死相逼,把老公逼到别人床上去了。

她最后一次给我打电话的时候,是她老公在外面几天不回家,一回来又打了她。她真的想死,割腕,就死在家里,要让家里变成一片血海,让老公一进门就害怕。念着我以前对她的好,一个素不相识的人对她不厌其烦地安慰,她想跟我说一声谢谢。谁知我劈头盖脸一顿吼,反倒让她不知所措。

我的脸红了一下。"真抱歉,我那天心情不好。"我说。

她说:"也就是那天,我愣怔了好半天,这世上竟然没有一个人关心我的死活,我死了又有啥意思?"

"这是你不死的说法?"

"不是。是我闺女的辫子。"

那天上午,她一直坐在屋里想死不死,咋个死法,饭也没做。她闺女跟爸爸买了凉皮和烧饼,在客厅吃着,说下午要排练节目,老师让统一梳新疆辫子。她老公说不会梳,闺女饭也不吃了,抽抽搭搭地哭。听见闺女哭,她心烦,冲闺女吆喝:"别号了,我给你梳。"

想到马上要死了,也许这是给闺女最后一次梳辫子,她的心还是疼得不行。一根根辫子编得很认真,编到最后泪都滴到闺女头上了,但闺女没发现。

辫子编好了,闺女照照镜子,转了一圈,让满头的小辫子飞起来,开心地说:"妈,你手真巧,编得真好看。"说着搂着她脖子,在脸上亲了一口:"妈,我以后每天都要编这种辫子。"

呼啦一声,好不容易堆起来的石头块垒全倒了。她叹了口气:"还真死不成了,死了谁给我闺女编辫子?"

"就是,起码你编的辫子好看,你闺女离不了你。"

"可我还是憋屈啊。"

"谁不憋屈?要是憋屈都去死,那世界上人早都死绝了。"

"唉……也是啊。"

王石头临走的时候从包里掏出一个塑料袋,塞给我,脸憋得通红,说:"这是我腌的泡菜,你尝尝。"

我接了。她临出门的时候,我问她:"还不知道你叫什么?"

她说:"我叫祝红梅。"

我笑着说:"嗯,比王石头好听。"

她瞪大眼:"王石头是谁?"

大头和尚

赵长春

不叫老和尚、大和尚、小和尚,都叫他大头和尚。

为什么呢?

他头大,太大,他妈就是因此而死的。他生下来了,他妈大出血,接生婆说是他头太大了,就叫他大头。

大头命硬。三岁多的那年秋天,大头在袁店河边的花生地头玩,掉进了河里,等发现,已经漂上来了。他爹倒掐着他的双脚,控了一会儿水,看看没有效果,就随手搭在了一块大石头上,回家了,身后跟着大头的哥和姐。哥、姐都怕得要命,只顾自己玩,没有看好大头,怕爹打骂。谁知,爹没有发火……下午,爹带着哥、姐又去河边刨花生,却见大头坐在地头嚼花生,一嘴的白沫,冲他们嬉笑,趔趔趄趄地跑过来,一件灰色的僧衣裹着他,更显得他头大。

"命硬!"爹心里跳了一下,看看不远处的丰山禅院。禅院的老和尚说过,大头命硬。

命硬的人不好,妨别人,特别是家人。大头的爹总觉得膈应,心里头打鼓。这个下午,在炊烟弥漫的时候,爹上了山,带着大头。大头欢快地跑前跳后,揪了一把野花……就这样,大头出家了,跟了老和尚。大头的头剃得锃亮,穿了一身的僧衣,很合身,姐给缝制的。

　　大头当和尚的第二个秋天，爹又结婚了，人是河西的刘二寡妇，她带着一儿一女来到河东，跟了爹。这一下，爹有了四个孩子。人们嘻哈着说呢。正在吃席的大头赶紧放了筷子："五个！还有我呢！"大头对于别人这样的计算，很不满意。

　　"哈哈！"人们的笑声更响了，爹也笑了。他好长时间没有笑了。

　　可是，爹很快不笑了。刘二寡妇心狠，对大头的哥和姐心狠，不让吃饱穿暖，光让干活儿。大冬天，大头的哥和姐还在河滩里拾柴火，露着脚趾。大头知道了，常把自己的饭送下山来。

　　有一个早晨，雪厚。刘二寡妇在打发大头的哥和姐出去抬水后，让自己的两个孩子在被窝里吃煮鸡蛋。忽然，门外响起了木鱼声：笃，笃，笃！笃，笃，笃！

　　刘二寡妇出门一看，大头——僧衣、光头、木鱼。门口还有左邻右舍，后面就是抬着半桶水的大头的哥和姐。刘二寡妇看劲儿不对，转身往院里走。大头上前一步，木鱼一响，张口说了几句话："你儿你女是儿女，我儿我女受苦贫。地下薄面你不看，头顶三尺有真神！"

　　说罢，大头目光痴呆，盯着刘二寡妇。刘二寡妇有些气急败坏，想上来打大头，邻居们拦住了："他婶子！你没有听出来大头的声音多像他妈?！活脱是他妈在说话！"

　　哥和姐忽地扑倒在大头脚下哭开了："妈呀——"

　　这事后，刘二寡妇真的改了。她有些害怕了——人们说，大头的爹也说，大头对他妈没有一点儿印象，大头也没有上过学，可是，他的音调就是那个苦命人的音调！

　　不过，这事后，老和尚不让大头在丰山禅院了，让他回家，原因是他俗根深，俗缘不断。可是，大头就跪在山门前的雪窝里，直竖竖的，大头上飘满了雪花……

　　大头成了丰山禅院在院时间最长的和尚。老和尚圆寂后，大头就当了

住持。后来,人们砸寺院,撵和尚,逼着和尚与尼姑成家……大头坚持下来了,并藏起了丰山禅院的楠木匾。相传,那漆金的狂草,是清朝时,袁店河出去的一位京官的墨宝。再后来,丰山禅院的香火又旺了。大头就在禅房后院打坐、诵经,无他。

大头到底也圆寂了,无声无息。人们塑了他的肉身,以打坐的姿态供着。也怪,大头肉身不腐。更怪的是,他的头上慢慢地萌出一层细发,茸茸的,九十九天一茬。有僧人给他剃去,好让善男信女们抚摸他的大头,特别是一些女子。这些女子虔诚地跪下去:"大头和尚,请保佑我生儿育女!"然后,抚摸大头和尚的大头。据说很灵验,到现在,人们都还这样说,说大头和尚从小入禅,一辈子童子身,精气旺。

大头和尚的大头上现在不长头发了,民间的传说也是因为一个寡妇。她改嫁后,想再生个孩子,就也如此跪拜后,抚摸了大头和尚的大头,大头就不再萌出细柔柔的发芽了。

奇怪。当时在一旁敲磬的小和尚说:"那施主一摸,大头和尚的头摇晃了一下,好像不愿意她来摸……"

后来,有好事者寻了究竟:那女子的前夫姓柳,排行老二。

人们称呼她"柳二寡妇"。

闻野老先生

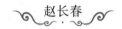

赵长春

袁店河边有块最好的菜园。

袁店河水好,沙也好,土也好。种啥啥好,种菜最好。无论种下什么菜,都比别的地方长得好,水灵灵,青汪汪,香喷喷。黄瓜脆生生的,白菜饱盈盈的,秋葵直腾腾的。

袁店河边这块最好的菜园是他种的。

他种了一辈子的菜,不烦。开发区越来越多,把他的老菜园也给征用了,他就到袁店河边种菜。喜欢,没有别的原因。看着菜,心里舒坦。收菜了,送给儿孙,还有邻居。老头儿人好,人们就敬称他"老先生"。现在,人都去城里买房了,他送菜就骑车,电动三轮。八十多岁的人了,人们担心。他摇头:"我没事。"菜放下,水不喝,门不进,车头一拐,就又回了袁店河。

袁店河水哗哗,扯年连月地流着。年轻时,他羡慕河水,羡慕水能跑到长江,跑到大海里去。现在,心沉静了,觉得哪里都没有袁店河好:水好,树好,风好,人好,走走,看看,坐坐,歇歇,浇水,刨地,点种,搭架,摘茄子,摘辣椒,割韭菜,收倭瓜,掐芹菜、芫荽,剜菠菜,出大蒜,出萝卜、白菜。春来秋往,就那么一片地,一茬茬的菜,他倒腾着,像是手中的掌纹,亲切、亲近。

他的菜园在一片林子后。林子三面围园,不怕涨水。树也是他种的。

大叶杨、小叶杨、簸箕柳、荆条。后二者可以编筐窝篮。这活儿没有人干了，他还放不下。随手编了，大的、小的，很精巧。从城里来河边玩的人，看他编，拿他的篮子拍照，买他的篮子，都随意，包括价钱。有天中午，他从城里回来，转过林子，见一个人在他园子里摘辣椒，很匆忙，边摘边往背包里塞，四处看着，怕被发现。他就赶忙蹲在了草地里，等那人摘好菜，匆匆出了园子，走出好远，他才进了园子。他有些心疼，很心疼。那人摘得急，一些辣椒枝干被碰断了，还带着花，举着半大的辣椒！他就请村里小学的王老师写了个牌子：瓜果免费，小心护菜。王老师问他为什么不抓那个人的现行，他说："那么大个人了，喜欢咱的菜，耍耍小孩子心劲儿，说穿了不好，你说是吧？"

袁店河也有"农家乐"了。红薯叶、野菜、土鸡、炸麻虾、吃饭、休闲。这方面，他看着高兴。只是觉得有时人们把水弄脏了，他就去说一说。人们看他一把白胡须，也听。有天傍晚，一家"农家乐"的院子里吵声很高。他走进去。客人指着盘中一小圆黑点儿，说是"小飞机"，要求送菜、减钱。店老板坚持说客人无理取闹。他凑过去，探下身，细一瞅，手一拈，丢进嘴："我当啥哩，花椒籽炸酥了，啧啧，香喷喷的！为这争吵划不来。"转过身，对店老板说："袁小三，以后别跟人吵，和气生财。"又对客人说："出来玩，就图个高兴。你也是大度人，这样吧，一会儿上我菜地里摘菜去，免费！"

夏天，西瓜成熟了。在通往河口的菜地一面，他在树篱笆上开了个口子，用几块木板并起，搭了个桥，桥面从菜园的土埂上斜下来，直在河坡上。为啥？孩子们在河里游泳，玩疯了，吃西瓜，打水仗，拿瓜皮扣在头上。这是他小时候在袁店河里玩过的游戏。现在，孩子们好玩。只是，他不想让孩子们像他当年一样"偷"西瓜……他就坐在园子里，听戏、编筐、窝篮子，背对着孩子们，让他们安心、静心地悄悄地爬进地里，撅着小屁股，顺着瓜垄，推着西瓜……每年夏天，想着这些，他就笑了，一脸的皱纹如花，胡须翘翘的。

他大名闻野,人们都敬称他闻野老先生。

您要是去袁店河的话,可千万别这样称呼他,尤其别带那个"老"字。

他跟我说过:"人哪,得好好活,得心里年轻;不能叫别人给喊老了。"

他的园子好找,门口有副对联:柴门轻掩免吹花,翠鸟细啼得大闲。

腰　白

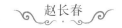

赵长春

墨守喜欢墨。

他有老早的墨锭,包括康熙年间的龙墨,是文物了。有人高价要收,他不给,他要用来写字,就仔细地磨了。老墨,磨好了,黑,黑得浓,黑得亮,还香。写字,字饱满,也亮,也香。

磨墨需要工夫,也是功夫。一锭好墨,真正磨成,要两三天的时间。墨守写出几张字不容易,磨墨就是一套功夫活儿。他亲自磨,用左手,墨正,不偏不倚,顺着一个方向,添加泉水。老墨、新墨、油墨、烟墨。大圈、小圈,磨时,手感不一样,都是享受。

然后写字。墨守牢记柳公权所说的"笔正"。墨守站着写,心正笔才正。悬笔,自然而然,呼吸中提心、吊胆,气就昂昂。一通字写下来,浑身发热,脚心有汗,如走了马步,发了功。墨守八十来岁的人了,胳臂有肉,腕力有道,敢与年轻人比试。

墨守是六岁开始习字的。先是画仿,米字格,"永"字八法。也有烦的时候,就去丰山庙转,看碑帖,大字、小字,草、隶、篆、楷、行。那里有不少的碑,或全或残,宋元明清皆有。石头无言,以坚硬留存历代先贤的墨宝。他喜欢看。还有袁店河石桥上铺垫桥面的石碑、当柱石的石碑,都有字,冬秋水浅,

他钻在桥下看。风冷，几乎把人冻成硬棍儿，墨守在眼前的空中指画，拟写古人的笔法、笔锋、笔力、笔触。人们都说他入魔了，鬼附身了，废了，废人一个。

不过，被视为废人的墨守也有喜欢人的想法，他喜欢上了袁店河西岸的王二花。

墨守喜欢二花是在心里，说不出来，就看。那些日子，他忘记了习字，就坐在河岸上，看河西，看王二花到河边洗衣裳、到地里割草，看王二花跟在男人的后面，牵着牛。有人看出了苗头，说："王二花都快生孩子了，别再胡想了。"墨守就一笑："不想了，再想自己就出毛病了。"

说不想，还想，墨守就画了一幅画：洗衣的王二花，半蹲在河畔；有苇，有荷，风是从苇、荷上看出来的，包括二花发梢的飘动；二花胳膊白，腿肚儿白，还有一段儿后腰，露出于上衣与衬裤间，也白，且细腻。墨守给这幅画题名为"腰白"。

腰白，很好听，很动感，一想，一念，联想无限。墨守将这幅画悬在案头，就又专心写字了。写写,看看,笑笑,说说,给自己,给画上的人。别人可以进他的院子,进他的屋子,就是不能进他的"墨香居"。直到有一天,王二花进来,看到这幅画,咬紧嘴唇,哭了。墨守说:"我就是想让你看看这画……"

墨守说着,就将画取了,燃了,长长地舒了一口气:"我放下了。你放心吧。"

王二花做过墨守的同桌。很早的事了。在袁店完全小学。那时候还开设有大字课,二年级就开始写仿。墨守的字好,四年级时,同桌的王二花说:"你的字真好。"墨守听了很开心。墨守还画了一张画,工笔,像二花。二花说:"啥时候给我画张袁店河吧,我喜欢在河边洗衣裳……"就为这,墨守后来更加认真写字、画画了。

烧了"腰白"后,墨守就跑南走北,看山水,住寺院,读碑刻。他在他后来的一篇文章里说,古人心静,讲究。拿笔来讲,讲究"尖、齐、圆、健",拿在手里,就舒服,不写出来好字就对不起制笔师傅。

墨守读了一辈子的字,是读,特别是各式的碑帖。更写,天天写字。写字用墨,自己磨,磨自己收集的墨,老墨、南墨、北墨都有来头,都有故事。不写字的时候,他品墨,一锭一锭,闻香,看形。别人觉得他傻,他说,这是享受。

墨守还有一大享受——给人写字,无论贫富。他的字开始论尺方了,很有价位了,他依然故我,有求必应。有人劝:"别乱写,越少越值钱。"墨守一笑:"字得流传,拿毛笔的人少了,都图快,用印刷的,都忘了写字的根本了……"说着说着,他的眼有些红,老眼里浮出了泪花。

有人仿他的字。谁? 二花的男人。他在县城开了个"墨香居",把仿他的字与他写的字放在一起,出售。买字者拿不准,请墨守去看。墨守一瞧,笑:"比我的字好!"人们哄笑,墨守又摇头:"唉,我当年咋写出这样的字来!"

后面,二花听着,老泪流出来,慢慢地。

人老了,皱纹深了,泪就走得慢了,很慢很慢……

"讲不完"的梦

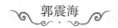
郭震海

要问整个刘家胡同数谁的嗓门高,相信孩童都会告诉你:"是胡同西头的讲不完爷爷。"

讲不完真名叫刘金生,原来在物资局上班,退休后,搬到刘家胡同和儿子住在了一起。午后,整条胡同的年轻人上班后,就剩下一帮老人。他们会集中在胡同里一面向阳的高墙下,一字排开坐下晒太阳。听吧,此时讲不完就亮开了嗓门儿,因为他总在讲昨晚自己的梦,讲也讲不完,大家就送了他一个外号"讲不完"。

"你们肯定想象不到,那山峰陡峭的啊,怎么说呢? 就像,像,像斩妖的张天师劈了一刀。此时,我就在山下,抬头一看,俺的老天啊,你们猜我看到了什么?"

众老人就急切切地问:"看到了啥?"

讲不完清清嗓门儿道:"我看到山顶,那是云雾弥漫啊,就如仙境一般。当时我就想,如果我能上到山的顶端就美了,我就这么一想,你们猜怎么着?"

"怎么着?"老人们又问。

"我只是一想,谁知就真长上了翅膀,轻飘飘地飞上了山顶。我站定后,简直被眼前的美景惊呆了,百花斗艳,蝶舞翩翩,那艳丽的花是我长这么大从来就不曾见过的,红的红得那个美,绿的绿得那个爽……"

"你真的长出翅膀飞了?"这时,一位老人很是好奇地望着讲不完问。

"是啊,那个美啊,怎么说呢,感觉整个身子就如一片羽毛。"

"那是多美的感觉啊!"一个下肢瘫痪、坐在轮椅上的老人道。

"你咋就那样行,做梦也做得这样美。"一位双手托着拐杖的老人说。

在刘家胡同里的老人们中,大家最羡慕的当属讲不完,这老头子一辈子顺顺当当,退休后,虽说老伴儿走了,他和儿子一起生活,也不遭罪。最关键的是这老头儿不失眠,能睡着不说,还美梦不断,这该是多么幸福的一件事啊。人啊,年轻的时候,总是抱怨睡不够,上了年纪后,觉越来越少,整夜整夜躺在床上等天明。四肢不灵便,翻个身如登一座山,觉少了,梦也没了,一天天就如馋嘴的孩子数着手里的糖果一样,数着剩下的日子过。

傍晚时分,当下班归来的儿女们扶着自己的父母,各回各家时,讲不完总会来一句:"走喽,回家吃饭,睡觉喽!"此时,所有在场的老人们都会望着讲不完老汉远去的背影,眼里满是羡慕。对于这些老人们来说,什么财富名利全是浮云,只要身体没病,痛痛快快地吃顿饭,美美地睡个好觉,再能做个美梦,那就是人间最美的事情。

每天下午,只要阳光充足,天气晴好,老人们都会出来坐在墙边晒太阳,他们最大的乐趣就是听讲不完讲昨晚的梦。

讲不完的梦,会穿越,摇身就进了盛唐,而且还是朝中重臣。"那皇宫啊,金碧辉煌,光芒万丈,晃得眼都睁不开啊。"讲不完老汉说着,大手一挥,在场的老人们就会随着他的手,眯着眼睛,仿佛此时都穿越到了盛唐,都在光芒万丈的皇宫里。

四喜老汉开始是羡慕,后来就成了忌妒、成了恨,他总说:"你个死讲不完,咋就不死呢,死了就不再显摆了。"对于他来说,总感觉这老头儿是故意在显摆,就如一个富翁当街"晒"自己的珍宝一样,边"晒"边喊,快来看啊,这

是世间罕见的翡翠，这是举世无双的夜明珠。想想看，穷人们看了后会是啥心情。

"可恶!"四喜老汉小声嘟哝。

不过，更多的老人们，还是愿意听讲不完讲梦，就如吃不上美食，听听美食也是一种幸福；观不得美景，想想美景也是一种快乐。关键是听了他说梦，仿佛对活着有了某种希望，傍晚归家的时候，回想着他讲的梦，总盼望着晚上能一觉到天明，且做个美妙的梦。

讲不完老汉是在中秋节后第二天消失的。对于晒太阳的老人们来说，他的消失就如饭中缺了盐，太阳仿佛不够暖和，日子仿佛没有了滋味儿。

一周后，胡同西头传出了讲不完老汉儿子的哭声。这个时候，大家才明白，这老汉走了。

"能吃能睡，咋就说走就走了呢?"许多老人无法接受，都赶了过去。他们责问讲不完老汉的儿子："你的父亲，能吃能睡，乐观阳光，怎么会走得这样突然呢?"

讲不完老汉的儿子流着泪说，自己的父亲三年前就患了病，每顿饭吃得很少，关键是三年多了，整夜整夜地失眠，他们四处寻医问药，办法想尽了也换不回父亲的睡眠。医生判断老人最多可以活一年，可老人比医生预计的多活了两年多。

老人们听了，个个面露惊愕。这时大家才恍然大悟，原来这讲不完老汉讲梦是在为大家传递活着的希望。梦是啥，梦就是念想，是希望啊，年轻人有梦想，老人同样该有梦想，人活着，丢了啥也不能丢了梦。

面对讲不完老汉的遗体，老人们个个眼含泪水，低头鞠躬。

浮城慢光明

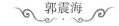

郭震海

城中无四季,城中春常在。

城中发了疯的楼群似荒草,日夜旺长,四季不停,越长越高,越靠越紧。城中枝叶茂盛的高架桥,就像施过肥的爬山虎,缠绕着楼群一圈又一圈。

二十多年来,城已经不是原来的城,完全变了模样。

二十多年来,我眼中唯一没变的就是我家胡同里的那对夫妻,丈夫张德发依旧在摆摊修鞋,妻子高秀丽依旧在胡同口支摊卖水果。

小城的早晨,总如一锅沸腾的水。车辆如决堤的洪流,你争我抢;行人匆匆,个个睡眼蒙眬机械似的脚步不停。整座城的早高峰就像一个竞技场,车忙,人更忙。

张德发似乎是个例外,早上他总能睡到自然醒。此时的城已经回归正常。妻子高秀丽在炸油条,煤气灶上火苗子蓝荧荧的,显得不慌不忙。高秀丽熟练地切面,拉长,放入油锅,她就像那慢悠悠的火苗子一样不慌不忙,油条在锅里"嗞嗞嗞"地欢叫着,逐渐金黄。二十多年了,高秀丽坚持每天早上自己炸油条,她喜欢这样做,总觉得亲手做的早餐,吃得香还放心。

厨房里还有晚上泡好的黄豆,用一台小石磨磨豆浆。小石磨真的太可爱了,磨盘如海碗般大小,精致而小巧。这物件儿原本是乡下人准备丢弃

的,张德发撞见后当宝贝买了回来。粒粒如珍珠般的黄豆粒儿从磨盘上的入口下去,张德发轻轻摇着磨盘上的手柄,屋子里混合着黄豆粒粉碎之后的香味。

上午十点多,张德发来到胡同口的一棵大树下,一个小马扎,一台补鞋机,打开工具箱就算开张了。二十多年他修鞋补鞋,因为手艺精湛,做活儿认真,名声在外,方圆几条街的住户,但凡鞋坏了,肯定去找张德发。妻子高秀丽则推着平板三轮车卖水果,水果是张德发刚刚从水果市场批发回来的,她也在胡同口,和张德发相距不远,平板车一支,遮阳伞一撑就开张了,同样一干就是二十多年,从未缺斤短两。

张德发有活儿了就做,没活儿就打开一台小放音机听评书,听着听着就会情不自禁地笑得人仰马翻的。妻子高秀丽坐在小板凳上,眼睛望着街上人来人往,双手慢悠悠地织着毛衣,二十多年,一家人从来就没有买过成品毛衣,都是她亲手织的。碎碎的小日子就这样在丈夫的欢笑声中和妻子的织毛衣中,如一条安静流淌的小河,一天天过去了。

夫妻俩原是国营纺织厂的职工,厂子倒闭后双双下岗。他们没有痛哭流涕如世界末日,而是如常整天乐呵呵的,努力寻找新营生。最初换了几份工作后,丈夫选择了修鞋,妻子卖起了水果,此后再也没有变过。他们住的纺织厂小区,房改后交了一部分钱成了自己的房,拆迁改造时,开发商做补偿,原来面积不大的旧房换了一套宽敞明亮的大房,夫妻俩更开心了。张德发总是说:"还有啥不满足的呢,四居室的房,宽宽敞敞,这日子过得够美了。"

他们的儿子考上了大学,因支付儿子的学费,连续几年经济上很拮据,夫妻俩省吃俭用,日子过得稳稳当当。张德发天生乐观,再难的日子,照样是乐呵呵的,时不时就哼几声小曲儿。认识他的人就说:"德发,你的心可真够大啊,儿子大学快毕业了吧,找工作,娶媳妇,买房子,你这当爹的马上就得出大钱喽!"张德发笑笑说:"儿孙自有儿孙福啊,子孙若如我,留财做什

么？子孙不如我，留钱做什么？"那人听了，愣愣地看了半天张德发，最后很是不解地走了。

张德发的儿子确实争气，大学一毕业就在武汉找到了工作，还谈了对象。婚后，儿子与儿媳当面对二老表态："爸妈，你们供儿子上学已经很不容易了，现在我们都有工作，你们在家能照顾好自己就行了，我们在武汉自己拼搏买房子。"

"好啊，好啊！听听，听听我的儿多懂事啊。"张德发脸上乐开了一朵花。

当下，人人都很忙，追名逐利的脚步匆匆，"成功焦虑症"四散蔓延。累啊，烦啊，似乎人人都这样喊，这是一个慢不得更输不起的时代。但张德发夫妻俩却例外，整个上午，树下的张德发听着评书，笑得前仰后合的。不远处的妻子高秀丽望一眼自己的丈夫，也笑了，说："笑，笑得跟猪叫似的。"金色的阳光透过高楼洒下一片金黄，暖暖的，风儿轻轻地吹过也暖暖的。

一辆好车途经胡同，车停下，露出一个大脑袋对张德发喊："兄弟，还补鞋啊！"

张德发抬头看看，是曾经的工友，就笑笑说："是啊，还补鞋。"

那人听了，小声嘟哝道："真是个窝囊蛋！"说着便绝尘而去。

二十多年，和张德发夫妻俩同时下岗的工友们有的做生意开上了豪车，买了几套房产；有的钱有了，夫妻感情坏了，离了婚；有的因为赚钱而丢弃良知，触犯了法律。唯独张德发和高秀丽，一个摆摊修鞋，一个支摊卖水果，每天一起出门，一起回家。丈夫有哼不完的小曲儿，妻子有织不完的毛衣。

高楼丛，夕阳红，如今年近七旬的夫妻俩依然修鞋、卖水果。说真的，我越来越羡慕这对老夫妻。每天下班归来，看到他们平静的脸上流露的笑容，我总会驻足许久。总感觉在紧张的都市生活中，岁月为他们开了后门，时间对他们也格外地关照，这对老夫妻从不见老，越活越年轻了。

鄂奶奶唱着歌

张 港

深入嫩江草原，就是说汉语，你也不见得能听懂。比方说"唱了几年歌?"这是问你多大岁数。比方说"不能唱歌了"，实质上是说这个人离世了。深入嫩江草原，生命的始终等于歌的始终。

这世界上，只要是个人，必有个奶奶——不管离开多远。

干瘪奶奶离美丽最远，驼背奶奶最没力量。奶奶炒菜算计油盐，奶奶磨磨叨叨絮烦没完……然而，花样姑娘是奶奶宠成的，搬牛汉子得靠奶奶护着，娶亲搬家得奶奶点头……这世界上，没听一个人说奶奶一个"不"字。

鄂奶奶推门第一唱，男女老少，开始一天的欢快、舒畅;鄂奶奶关门最后一唱，大人孩子美美入梦乡。鄂奶奶是全村的奶奶。

鄂奶奶已经唱了八十九回草绿草黄。村里人害怕了，害怕听不到鄂奶奶的歌。

大车小车的，硬拉鄂奶奶进了大城市。

只十天，鄂奶奶就掰上手指头:一是保健品样样难吃;二是楼下人如蚂蚁蠮蛋，却对不上一句话;还有三，还有四，还有五六七八。最末一个是，就连唱个歌，还得关门拉帘子，还得小声再小声。

城里人说:"那么贵的票，还说不好听!真没音乐细胞。"

又十天,鄂奶奶心胸憋闷,要炸。鄂奶奶住病房了。医生说:"早就应该住医院。"

鄂奶奶说:"我就是要大声唱歌! 我要唱歌!"

医生说:"可唱不得,可唱不得。静静静,养养养。"

病床上第十天,吓死人了:老奶奶一个人挟包走了。慌张了家属,慌张了医院。村里来了电话:老太太已经回村。

医学之努力,即努力延长生命的长度——生命诚可贵。

乡亲们的第一个共识:一定想方设法把奶奶再弄进医院。然而,无计可施,鄂奶奶死活不去。

乡亲们的第二个共识:奶奶已经八十九了,至少得给奶奶办个九十大寿。

怎么办? 最后决议:谁也不再唱歌。这一决定理智、人性、英明。当着饥饿者大块吃肉、对着贫困者哗哗数钱,是很残酷的行为。让鄂奶奶听着歌,却不许她唱,这是折磨她。

在家人悉心护理下,鄂奶奶在炕上,或盘,或坐,或倚,或卧。

鄂奶奶问儿子:"这是咋了? 咋就听不着唱歌?"

"你年纪大了,耳朵背也是正常。"

"那咋有风声有鸟叫?"

鄂奶奶问儿媳妇:"这是咋了? 咋就听不着唱歌?"

"啊,那啥,家家忙着。"

忙? 忙就不唱歌了? 不是越忙越唱嘛? 不是越唱越有力气嘛? 哼! 全在诳我老太太一个人。全当我糊涂。哼! 我心明镜似的。鄂奶奶自己跟自己说话。

鄂奶奶唤来孙子:"奶奶就一个事儿,高低你得办。你上莫力屯,接敖奶奶来。我想她了哟——"

这样的要求是允许的,敖奶奶被接来了。两个奶奶,唠得展眉舒脸,人

人欣喜着。

七星上房脊,应该是唱上一唱,然后进入夜的程序。可是现在,为了鄂奶奶,村子静悄悄的,人们准备着在没有歌声中,闷头倒睡。

突然,歌声猛起。

啊!是谁?这还了得!家家亮了灯。

"无鞍无辔紫骝马,跑得快哟跑得欢——"

啊——鄂奶奶!

"没有背负的紫骝马哟,过了柳林过了山——"

敖奶奶!

门全开了,人全出来了。

"紫骝马是风,风吹草低到天边——"

"紫骝马是鹰,眨眼展翅上云端——"

是鄂奶奶与敖奶奶在对唱。

高高的羊草垛上,鄂奶奶盘腿坐着;弯弯的小河边,敖奶奶倚柳靠着。鄂奶奶在村东,敖奶奶在村西。

村庄大乱。

缓缓的拖腔,像流星长长的尾巴,光辉与夜色融合。

夜又沉寂了。鄂奶奶被背回家了。

"鄂奶奶,不能唱歌了。"

"要是在医院,点上药,奶奶不能这样。"

"要是在医院,上了呼吸机,咋也给老人家办成九十大寿。"

"敖奶奶,你……你……怎么可以让她爬上大草垛?怎么可以让她这么唱歌?"

矛头指向敖奶奶,七嘴八舌。

敖奶奶说:"在医院里离世的人,有这样的笑容吗?有这么光润的?有这么眉脸舒展的?最后留的不是一首歌,她还是鄂奶奶?"

平躺的鄂奶奶,微微笑着,脸色光润着,眉脸舒展着。

"可,鄂奶奶的嘴——"

人们发现,鄂奶奶大张着嘴,没有闭上。

大乱。

敖奶奶慢声慢语:"还愣着——那就唱呀!"

敖奶奶唱:"红花绿草要阳光,你用歌声唱来太阳——"

齐声:"唱来大雁,唱满嫩江,唱出美丽,唱出强壮……"

鄂奶奶的嘴,缓缓合上。

"大草原上,没有悲伤;大草原上,没有凄凉——不管你去了哪里,花心儿草尖儿,有你的歌飘荡——"

媳妇孟德花

张 港

嫩江草原人争高低,就说:"你行,你还行得过孟德花?""你本事大,你大得过孟德花?"是的,压马的汉子、搬牛的力士,没人敢说强得过女子孟德花。

八旗兵没打过噶尔丹,朝廷又抽达斡尔人出征了。

抽上签的新郎官莫尔根,吃了"媳妇的馅儿娘的皮儿"一个顶仨的大肚子好汉饺子,出门看马。马不在桩上,说是让媳妇孟德花牵去了。莫尔根就坐下来,呆呆地看大草房,看窗户上的大红喜字,看盘着尾巴看人的大黄狗。

孟德花牵马回来了,莫尔根问:"饮马了?"

"不,换了马掌。"

"哎,马掌新的,你可真是。"

孟德花把缰绳交丈夫手上,说:"要是想你,我可咋办?"

"打了噶尔丹,立马就回。要是想得不行,你就看月亮。你看月亮,我也看,咱们就通上了。"

"假的,没用,我才不信。"

"那你怎的?"

"风筝总有牵线手,你到哪儿,我也找得到。哼!"

话说到这儿,就听着了号角。两个人一贴一抱,就这么着,一个人就走了,两个人就分了。

孟德花还真的天天看月亮,天总阴阴的,月亮总不明不白。消息说朝廷胜了,消息说朝廷败了,消息说噶尔丹打到了京城……月亮还是不明不白。

月亮不明不白,孟德花再也不能等了,再等心就出火苗子了。装了牛肉干,交代过婆婆,她要过沙漠,要找莫尔根。

孟德花正给马戴嚼子,骑大马的协领、一队人马、一挂蒙上黑布的大车,马铃哗哗进屯来了。

达斡尔男人、达斡尔女人,全明白行阵的事,像明白家里的牛羊庄稼。这是,朝廷旌表阵亡人,大车里是死者的遗物。

协领大人展开黄缎轴。全屯人的眼睛,没一个不直的。这一屯子,战死五个。协领宣读后,好生安慰,让家人认遗物,接官府的银子。哭声一片,伏地一片。

莫尔根不在名单里,可他人到底怎样?

孟德花到协领马头前,怯怯地问:"大人,那个,那个莫尔根……"

"莫尔根?还问莫尔根?"协领展开一张白纸,"自己看!"

天在下边,地在上边,太阳黑的,云是绿的——孟德花看到"失踪"二字。

达斡尔男人、达斡尔女人,全明白行阵的事。这两个字是说,莫尔根或逃亡或投降或被俘或走失,总之不是战死,总之是不明不白。

全屯人全呆傻着,看莫尔根老娘,看新媳妇孟德花。连年征战,这屯子战死无数,残废无数,不明不白的,这是头一个。

莫尔根娘伸腿捶地:"我家代代征战,咋出了这事!天哟——"

孟德花狠狠地看协领,狠狠地看乡亲,拉起婆婆,大声说:"这事不能这样,活要见人死要见尸。这事不能这样!"

孟德花牵一串大牛,跪给铁匠鄂嫩,说:"鄂嫩大哥,你不会说谎。人命关天,求你了。牛给你,跟我去找莫尔根!"

美人发狠,最是吓人。鄂嫩不得不放下活计,不得不跟孟德花进沙漠。

大雁歇三歇的路,鄂嫩说了二十个"回",孟德花闯进将军大帐。

将军说:"册子上写得清清楚楚。你这妇道,回吧!"

孟德花朝将军拜三拜,央求留鄂嫩在大营歇息,她一个人走了。

大雁歇两歇的路,孟德花走到曾经的战场。残矛断杆,白骨黑沙。军人尸骨已经掩埋了,只剩战马骨骸,野狼啃过,胡乱支着。

孟德花回到将军大帐。

孟德花问:"将军大人,人在马在,队伍上是不是有这一说?"

"是,有。"

"将军大人,马在人在,达斡尔人是不是有这一说?"

"是,有。"

咣啷啷,孟德花将物件扔在地上。众人观看:四只马蹄铁。

"大将军,马蹄铁在战场上,马就在战场上,马在战场上,莫尔根就在战场上。大将军啊——我家莫尔根是战死沙场,怎说是失踪? 天哪——"

"战场上马蹄铁遍地皆是,怎说这就是莫尔根之物?"

"铁匠鄂嫩可以做证。鄂嫩大哥,你说!"

"大将军,出征前,孟德花求我打马蹄铁,她央求铁尖长出一分,向内撅成云子花,意思是,有一日能循马足迹找到丈夫。没想到,却是这样。"

骑大马的协领、一队人马、一挂蒙上黑布的大车,马铃哗哗进屯来了。

协领展出黄缎轴,大车里四只马蹄铁。全屯老少,有泪无声。

诊脉先生

应向宏

石城老街,有一医生,年事已高,切脉精,用药准,坐诊于"除疾堂",求医者多,知其名者少,均称"诊脉先生"。

诊脉先生身至闹市购药材,其衣着为石城一景,行者驻足而观,知其者问他好,不知者自言:"哦,怎么忘了友人的传言,遇身着手工缝制灰布衣,足穿布鞋眼戴花镜,须发银白,健步稳行,逸秀洒脱者,必是诊脉先生。"

有虚伪者,伪其衣着,遭市人笑,仿效者脸红,未敢仿效。

诊脉先生姓梅,字博雪,出身于中医世家,自幼在药香四溢的除疾堂,幼时能凭味辨药,童年由爷爷辅导,习书、方,能过目不忘,少年能替父开方,爷喜父爱,将秘不外传的切脉之技和配药之法传授于他。

耳闻目染,一些小疾小病,不需请示父,自出诊,切脉开方配药,患者服饮,疾消体康而言赞梅家后继有能人。

梅博雪自小得到家传真谛,加之实践,医术倍增,名盖其父,求诊者慕其名,就诊非他不可。其父审时度势,将除疾堂交予他,并告诫:"中医博学精深,人一生学不完,戒骄戒躁,方能成杏林医手。"

求诊者据他切脉与用药的特征,称之为"诊脉先生"。天长日久,便忘了他的名,将此别名喊开,传遍。

一日,一身患怪疾者,面红眼赤,弓腰缩脖,四肢无力,步履艰难,四处求诊,均无效,被医师称为绝疾,闻石城有诊脉先生,坐豪华轿车,寻至除疾堂,由家属左搀右扶下车,背入除疾堂,恭请诊脉先生就诊。

诊脉先生观舌切脉,脸即变,道:"你此疾,我行医多年,从未遇过,据书记载为奇疾,奇疾用奇方,我只照猫画虎,如方无效请谅。"话完,手取狼毫,浸墨开方,字为瘦金金体,方是:"以粗茶淡饭为疗,晨习《兰亭序》帖,暮观《钟馗捉鬼》为辅,三月后归还字帖和捉鬼图,病愈再付疗费。"

患者疑,家属惑。将信将疑离开除疾堂。

怪疾者遵医嘱,饮粗茶,食淡饭,晨习字帖,因手麻木,落笔艰难,暮观捉鬼图,觉全身有蚊虫叮咬之感。

半月,怪疾者手能动,眼无血丝,脖伸腰稍直,脚有落地之感。再疗半月,怪疾者觉晨习字帖有身轻之感,暮观捉鬼图觉心惊肉跳,身出虚汗,有异味。

三月之时已满,怪疾者病愈,如旧。愈后上班半月,忽写申请,以年岁大为据,养病为由,要求病退。上级准。怪疾者回到家中,身着简装,带良方疗费,步行十多里路程,至除疾堂,见诊脉先生坐诊,以肺腑之言谢诊脉先生,并还良方与所欠疗费。诊脉先生收良方,拒药费,道:"坐诊治疾收财应当,你所持之钱,我纳,有误给患疾者治疾之心与诊脉之手。"

怪疾者明诊脉先生所言之理,又以肺腑之言感激诊脉先生,诊脉先生微笑无言,挥手示意怪疾者回家。

半年后,诊脉先生的除疾堂有一人,善相布衣,清瘦而精神。偶有知其者,呼:"老领导。"不知者误以为是诊脉先生的知己。某日,石城地方报刊刊播一启事:"有不报其名者,捐巨资予贫困山区建校,另捐款地方教育部门,并附言,凡我地考中高等院校的贫困学生,此款用于他们的助学金,有知捐资者,请与报刊电视台联系。"

诊脉先生观此讯,心静如止水。

善相布衣者看此闻,心清如月。

棋　事

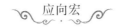

应向宏

石城,小,但它是古镇,是兵家必争之地,贯穿古城的石板路是西蜀的五尺道。古城的建筑多以石为料,故名石城。

石城,古老沧桑,有较深的文化渊源,石城能人奇事层出不穷。

家住青石巷的吴元,祖辈以下棋为生。传到吴元,棋技已是登峰造极,无人能敌。

吴元的长相不耐看,看了做噩梦,五官是拼凑的,摆在脸上不对称。但你别小看他,州城举办象棋业余棋手大赛,他是石城的代表,棋艺如洪水般凶猛,浩浩荡荡,击垮各路高手。得冠军的吴元给石城争了荣誉,石城体委安排工作给他——棋手兼教练。这下子,吴元心高气傲,目中无人,早晨牛气哄哄地去下棋,晚上霸气十足地回家。

石城众棋手与他下棋,都败北而归。吴元在石城放出豪言:"石城已是一马平川,再无敌手,约战败者必交输金五十元。"

男大当婚,女大当嫁。梅乐嫁与吴元为妻。梅乐长相俊俏小巧,石城人,家住麻石巷,从事幼师职业,能歌善舞,高兴起来像只放飞的白鸽。梅乐嫁给吴元为妻,她的朋友都责怪她瞎了眼睛,竟看上了吴元这样的人。

吴元在家是最高"统帅",在外是顶尖棋手,他感到自己在石城是个"高

人"，像只蹲在树上的秃鹫，俯视着地面上弱小的生灵。

石城棋界恨吴元目中无人，怨自己技不如人，最后商议让棋迷们去四乡八寨搜寻象棋高手。

梅乐下班回家，忙个不停，有时还要受吴元的气，而她逆来顺受，骂不还口，打不还手。事后，还得把吴元服侍得像个王爷。

棋迷们不知从什么旮旯里寻来一位叫"游侠"的棋手与吴元约战，下重彩，约战地点是吴元家的四合院，时间由吴元定。

"游侠"棋艺很精，人长得细高，像一棵上年份的老参，要根有根要须有须。

约战那日，吴元在四合院内高坐，面东背西，手端茶杯，专等"游侠"来挑战。

石城棋手挂盘观战，并指派两名大嗓门儿的棋迷报棋。观战的棋迷很多，把青石巷围了个水泄不通。

"游侠"与吴元对下的棋，由快到慢。从走子的棋路来看，二人都在斗智斗勇，都在用"毒招"算计对方，都想先把对手打得无还手之力，再来"整顿山河"。

棋到中局，吴元的棋势稍劣，机动兵力被"游侠"围困于"中原地带"，难以施展进攻之力。再往下走，经过一番厮杀，吴元的劣势大露，每走一步，都处于下风。

棋迷们见吴元的棋局必输无疑，个个脸上挂满了笑容，仿佛都在说着同样的话："看你吴元还能狂多久？"

再经过运子对招，可以从报棋路的速度来确判，吴元每走一步棋，都得花费很长时间，像蜗牛蠕动，棋迷们瞅准这个空闲，买糕点充饥。

时至下午，从挂盘上分析吴元的棋局，几乎是等着走向灭亡，而"游侠"的棋局已有九成胜，差一成是时间。

挂盘上的棋子，像被钉在那儿似的，无一丝动静。看热闹的棋迷们知道，这静如止水的棋局，掩藏着运筹帷幄的"诡计"，暗藏着天翻地覆的杀机，任何一方稍有不慎,立刻就会"战败亡国"。

部分冲动的棋迷,按捺不住"游侠"的棋局几乎成胜局的兴奋心情,起身挥臂狂呼:"吴元,你输了……"

忽然传来吴元走子的报棋路声,"卒五平六"。如平地一声旱天雷,炸得棋迷们百思不得其解,等运子八个回合,才拨开浓雾见青天,此时的棋局已大变,成了一盘和棋。

此时此刻,青石巷内一片寂静,静得可以听到心跳声,这样的寂静保持了一分多钟,棋局已无可争辩,棋迷们垂头丧气地散伙了。

事过一天,当裁判的棋手说:"如果不是吴元呼梅乐换茶,要不多久他就会拱手认输。"

当时,吴元见棋已成败局,急火攻心,便耍男人脾气,叫梅乐换茶。梅乐伸手端杯,见是二开茶,细声细语地说:"才二开,茶味正好呢。"递杯给吴元,抽手的时候,似有心又似无意,用小指带动吴元已过河的五线兵平至六线,吴元起初不在意,把兵复位,后冥思苦想,顿时明白,那着棋是救命的灵丹,后来这棋局成了和棋。

赛后的那晚,吴元破天荒地对梅乐小声小气地说:"你也懂棋。"

梅乐低眉垂眼地说:"有什么不懂,我如果不是心疼那彩金,我求之不得你输棋。你常躲在家中阁楼上打的那几篇残谱,是我家祖上的,你老爷爷给我曾祖当书童时,偷偷地撕了几篇。我爷爷为了那几篇残谱不流失,才让我下嫁于你,要不然……哼!"

吴元和了那盘棋后,辞职不再当象棋教练。在家中开爿小商店,身兼经理和"家庭主男",一身二职,日子过得也很惬意。

梅乐放学回家,吴元忙前忙后为梅乐效劳,心里还乐滋滋的,因为梅乐在他心中是不敢得罪的"老佛爷"。

如今,青石巷少了一个走路望天、牛气哄哄的人,多了一个早上挎篮去菜场买菜的"家庭主男"和见棋不观的人。

大油酱

安石榴

　　她打小身量就粗大，又爱吃爱喝，到十八岁时，在她身上就看不到骨头了，发面馒头似的暄乎乎。她倒是没什么毛病，不傻，就是不爱动心思，什么事儿都不爱动心思，心智停留在眼睛能看到的事情上，看不到的事情她全没把握，也不管不顾。

　　就比如吧，她走光板路时，踩不到狗屎，因为明晃晃摆在那儿嘛。可是，人家院外边儿上的草窠子，她蹚几步就会踩一脚狗屎，鸡鸭鹅屎或者别的脏东西，惹得妈妈嗷嗷骂她，左邻右舍都听得真真儿。她不害怕，不害臊，也不生气，嘻嘻笑，她永远不害怕明着来的。没办法，对她你也不能来暗的。怎么忍心来暗的呢？

　　陶赖昭这个地方，家家都有个装豆油的缸，日子过得好、人口多的人家，油缸很大很高，十岁的孩子站里面都不露头。油缸放在阴凉的厢房里。好像豆油越多越不容易哈喇，可以保存很久不变质。就一个坏处，如果豆油吃到半缸以下，取豆油就有点儿麻烦了，而且越来越麻烦，够不到。

　　有一天，做饭的嫂子和婶子们叫她取豆油，说："你个儿大，胳膊长，不像我们个顶个都是小剂子。"她伸手把身边一个嫂子的头顶比到自己的胸口上，哈哈笑了起来。嫂子顺手打了一下她的屁股，手被弹了回来。嫂子乐了,说,真喧呀,过年就照着你的屁股蒸馒头!

她就去了厢房,往缸里探头一看,油在缸底,也就一尺深,散发着一股豆腥味。她把提溜放下去,差那么一截儿,够不到。她想都不想,把提溜挂在缸沿儿上,双手扒着缸沿儿就地起跳,一窜,上去了,肚子紧紧地顶在缸沿儿上。然后,她左手抓着缸沿儿,将上半身伏到缸里去,右手摘下提溜去提豆油——出溜一下,她整个人进去了,栽到缸里去了。说起来蛮轻巧的,实际上很狼狈。她大头朝下掉进缸里,既不能翻身,也不能坐起,她的脑袋扎进豆油里了。

她不是有两条结实的长胳膊吗? 缸底积着一层厚厚的油泥,滑得很,手根本支不住,再加上慌乱害怕,毕竟是个没见识的小姑娘,被困在又窄又深的憋屈地方。她脑袋埋在豆油里,腿倒立在缸中,还露一段在缸外,扑腾了起来。该着她的命大,一个嫂子来厢房取粉条,赶紧去抓她的两条粗腿,可是根本抓不牢,而且也拖不动。这个嫂子还是非常机灵的,杀人般地大叫,结果叫来一帮人,一齐把她从缸里薅出来啦! 她身体顺过来时,头上的豆油、肩膀上的豆油、双手划拉的豆油齐齐往下淌,黏糊糊淌一身,一直到脚,就仿佛她整个人被豆油腌酱过了似的。

从此,她就被叫大油酱了,真名倒是被人忘记了,或者就是没忘记,也没人叫了。

大油酱转年就嫁了出去,婆家是早就定好的,门当户对,也是个大家庭,妯娌很多。但大油酱并没挨欺负,因为她就是这么个性格,谁不知道呢? 精明的公公婆婆都知道。所以,谁都别想在公婆面前给她使个坏、栽个赃啥的,没人信呐!

等公公婆婆没了,丈夫成了当家人,给她仗腰眼儿,她根本就不知道世上还有操心这回事儿。她和丈夫都老了的时候,孩子长大了,非常孝顺,从不亏待她。大油酱满头白发时,还像十八岁时一样无忧无虑地活着,而且,仿佛更白更胖了,也更爱吃爱喝了。老亲戚们想起来就说,啥叫啥人啥命啊,瞧瞧大油酱!

格格的陪嫁

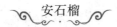

安石榴

东兴市区往西北一点儿，有个屯子叫二家子。最早只有沙、郝两户人家。他们从更西的蒙古草原来到这个地方安家。再往前追溯，沙姓、郝姓两对夫妻都是清朝格格的陪嫁。他们说一口京片子，自然暴露了来路，不过并不多。他们是哪个王爷女儿的陪嫁呢？为什么流落到民间了呢？这些事，他们咬紧牙关不说，外人怎么会知道？

沙家的老太太六十岁了，头发不怎么白，束一个发髻顶在头顶心上。她腰不弯，腿不曲，背后看顶多五十岁的人。老太太年轻的时候本来有一个窄额头，两个线条硬朗的小腮，属于那种上下短、左右宽的小方脸。老了老了，额头的发际线后退，脸上的肉松了一些，下垂稍许，整个脸看起来倒还顺眼了。所以，正面看，老太太也不老。老太太看起来不老可能也因为她的性格，沙、郝两家不多的底细也都是老太太无意中从嘴上溜达出去的。她管她从前的主子叫大奶。她说："大奶的饭可好吃了。"老太太当时岁数还不大，一派天真。话音刚落，她男人"嗷"的一声呵斥，她一吐舌头就闭上了嘴。过后，邻居们坐在炕上围着火盆瞎猜，说，格格的胃口小，人家是公主嘛，小鸟儿一样地啄几口就罢了，剩下的给侍女、下人这些奴才享用。

沙、郝两家的女人不做地里的活计。老沙太太（记住，这时候她还不是老太太)把家里拾掇得窗明几净。她有一匹属于自己的马。每天做好午饭，骑马到几里地之外的大田给男人送饭。傍晚丈夫收工回家，一进院子，她就迎出来，手里拿着笤帚。丈夫站在那儿，伸平双臂，像个稻草人那样，她抡起笤帚围着男人上上下下一顿扑打。灰尘扫尽，男人进屋，早有一盆热乎水预备着。丈夫洗手洗脸，最后把头也扎进盆里用手划拉几下，擦干净上炕等着吃饭。女人端盆出来，一只手撩着洒水，院子的土腥味儿就压下去了。邻居们就说，到底是王爷家里出来的，齐整！

除了家务和生养孩子之外，她的心思都在马上。

她三十岁那年才开怀儿，生下儿子小片儿。当年夏天，一个马贩子从草原赶来一群蒙古马。马贩子在沙家打尖时，一匹母马难产死了，马贩子把小马驹子几乎白送给了老沙。那是一匹骟马。可是谁也没想到，骟马长大之后，脾气很古怪，不乐意被役使，死活不拉车、不拉犁。好在老沙还有一匹挽马，这匹骟马就成了她的坐骑了。

她的马骑得挺好。骟马黑色的小腿腾空而起，黑色的尾巴和黑色的鬃鬃都飘离了身体，红色马身就像镶了一圈黑边儿的火球一样，说不上来的好看、精神！她微微前倾并拔起身体，松松地握着缰绳，精神！这一切她心里都清清楚楚的。有一天从大田回来，就要到家门口时，她双腿一夹，骟马即刻发力，从家门前一跃而过，向前飞奔。这一跑，竟跑到十里外的屋顶山上去了。

屋顶山是这一带最高的山，一条山脊分披两面坡顶，像一座巨大屋顶。山顶上一年四季狂风不停，什么都留不下也长不起来。山被寸高的青草覆盖，只有零星几棵松树，如藤蔓，以片状匍匐于地，并紧贴地皮，再无其他植物。站在山顶上，四周皆在脚下。她迎风向南望去，群山像涟漪，以青翠、青黛至迷蒙之蓝层层荡开。天空也是蓝的，静卧大朵白云。而在那迷蒙的蓝山后面，却突兀地横起一道更高更大的灰色云墙，把南方堵得严严实实。她一屁股坐在地上，号啕大哭。风偶尔歇一下，再重新鼓荡，她的哭声裹挟于

风中,被控制着,变得胆怯而挣扎。骝马仰天长啸,发出悲鸣。然后它低垂下头,用鼻息轻触她的发髻。她抬起头,遇见它的眼睛。她怔了一下,伸出双臂,揽它的头入怀,把脸贴了上去,喃喃道:"你怎么了?你怎么了?难道你也……"她的声音越来越小,越来越零落,变成凝噎的呢喃,她的眼泪流进了它的眼睛。从此她和它有了一个共同的秘密,总在那些特别的时刻,它载她来这儿,只是为了让她痛痛快快地大哭一场。而每一次她从屋顶山下来,又是那个快活、麻利、多话的女人啦,还多多少少有一点儿饶舌呢。

如果不是骝马突然抽搐倒在马厩中,老沙太太都没有察觉三十年就这样过去了,它早就是一匹老马,她自己也是一个瘦削苍白的老太婆了。

骝马倒在马厩,再也没有起来。每一次剧烈的抽搐之后总有短暂的停歇,仿佛给它回味。她望着它,它也望着她,就这样望了三天。老沙太太知道是时候了,她不能再看它遭受折磨了。她从它身边站了起来,手里握着一把寒光凛凛的尖刀……

老沙太太浑身疼痛,躺在炕上起不来了。老沙头儿带着赞赏的口气跟小片儿说:"你妈用力忒大了,这是后反劲儿。"老沙太太听到了,没说什么,她心上雾茫茫一片白,空空如也。

驴子的脾气

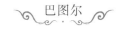

巴图尔

　　买买提再次想把地上的行李卷和锅碗瓢盆撂到毛驴的背上时，毛驴突然尥起了蹶子，说什么也不让把那些东西绑在自己的身上。试了好几次都没有成功，他提着那些东西再次靠近毛驴时，毛驴也烦了，抬起后蹄子就是一下子，要不是行李卷挡着，他的裤裆就得狠狠地挨上一蹄子，恐怕他裆里那东西就废了。虽说年纪大了不生不养了，可是到了晚上，上了床干不了活儿，那就麻烦了，老婆还不得找野男人去？他还是没躲过另一只蹄子，正好踢到了他的大腿，六个血淋淋的小血口子，就是六个掌钉留下的。

　　临走头一天才换的新掌，每个掌钉都似一把锥子扎进他的大腿里，疼得他额头上直往外冒虚汗。买买提很生气，一瘸一拐地折了一根大拇指粗的红柳棍子，狠狠几棍子打在小毛驴的背上。毛驴腰都弯成了弓，可并没有屈服的意思，挨一棍子尥一个蹶子。不知不觉时间就过去了，买买提抬头看了看天色，他知道，再不走，上半夜是到不了胡杨林的羊圈了。

　　现在，买买提有些后悔，不该在家磨磨蹭蹭那一两个小时，白白地耽误自己的时间。夜晚赶着羊群走陌生的路，真不知道会发生什么。万一丢几只羊，这事儿可就大了，赔钱实在太划不来了。另外，传出去多丢人呀。他原本想，在路上不耽误时间的话，天一黑就到胡杨林里的羊圈了。谁知道这

个该死的毛驴今天怎么了,耍起脾气还没完没了了。以前也发生过类似的情况,可没多大一会儿就好了。

买买提不想再打毛驴了,打死又能解决什么问题呢!他在心里面想,哑巴畜生真是很可怜呀,心里有多少想法也说不出来,哪儿疼哪儿痒,主人才不管它们这些的,只能靠自己解决。驴子自有驴子生存的道理,驴子自有驴子的快乐与忧愁。心情好了,它们昂昂昂地叫上几嗓子;心情不好了,尥尥蹶子放几个青草屁。驴子天生就是干活儿的命。买买提觉得自己就和这头毛驴一样,他的喜怒哀乐是没有人在乎的。

毛驴一定出了什么问题了。他在心里对自己说。虽然一想到黑灯瞎火地走进胡杨林什么都看不清,他就有些顾虑,不过他对那一带胡杨林熟悉的程度,甚至不亚于自己的家。每年他都在胡杨林里生活八九个月,哪里的草长得旺盛、哪里有河有水都在他心里装着,在他心里就像有一张地图,一闭上眼胡杨林的情况就在脑子里了。时间就是一个最大的怪物,你盼着它快快地走,他就像老牛拉破车一般慢;你想它慢慢地走,可是它就像绑上了风火轮走得飞快。买买提再次抬头时,太阳已经开始往下坠了,他的心里真是干着急,羊群要一步一步地走,那么远的路程哪是说到就到的?

太阳沉下地平线的时候,买买提已经远远地望到那片胡杨林了,可是要想一时半会儿就到,那也是不可能的。而此时羊群行进的速度越来越慢了,羊都饿了,边走边吃,也是情理之中的事。买买提心想,反正腿也坏了,慢慢走还好一些。他自言自语地说:"就这样慢慢地走吧,趁着天还没黑让羊多吃一点儿,不然饿一晚上的肚子,也是不好受的。"

买买提就是这么个人,把别人家的羊像自己家的羊那样养,所以全村人都信任他。把羊交给了他,你就不用操心了,到了冬天羊赶回来,小的长大了,瘦的长肥了。外村那几家养羊大户都想雇他放羊,可是村里人都不愿意,宁愿多给买买提工钱,硬是把他给抢过来了。

买买提也没有多收村里人的钱,还是按照市场的公价收的工钱。村里人都说买买提仗义,没有让钱蒙住眼睛。此时,蔫不啦唧的毛驴,卧在地上一动不动。买买提知道毛驴出了毛病,他一瘸一拐地走过去,围着毛驴转了好几圈。他好像看明白了,毛驴得的是肠梗阻。摸摸毛驴的肚子硬邦邦的,他更加肯定自己的判断了。肠梗阻是要命的毛病,如果医治不及时,很有可能就保不住这条驴命。

忽然,买买提想起曾经听说的,用黄鼠狼尸骨焙成灰,给患肠梗阻的驴马灌下去,就可以医治。买买提记得在胡杨林的牧羊小屋里,有一只黄鼠狼的尸骨。可是羊群行走的速度太慢了,这样磨磨蹭蹭地走到牧羊小屋,恐怕毛驴早就一命呜呼了。他对大黑说:"大黑,你给我把羊群好好看着,不要让它们乱跑,我一会儿就回来。"大黑摇着尾巴汪汪了两声,买买提顾不了腿疼了,扭过头撒开腿就跑。等买买提回来,赶紧把黄鼠狼尸骨焙成灰,给毛驴灌下去。一会儿的工夫,毛驴突噜突噜放起了屁,买买提知道毛驴没事了,他也终于可以松一口气了。

到达胡杨林的羊圈时,夜已经很深了,繁星满天,春风哗啦哗啦梳理着胡杨的树梢。把羊群归拢到羊圈里,他懒得做饭了,也不想吃了,笼起一堆火,裹着那件老居瓦(皮大衣)迷迷瞪瞪睡着了。

买买提真的太累了。

风的事情

巴图尔

现在,买买提唯一的想法,就是把这群羊放好了,不死,不被狼吃了,到了年底一只不少地把羊群交给老板,把工钱一拿,明年新房子就可以盖起来了。

以前的土坯房子,再也经不起岁月的摧残了,东倒西歪的,大有一股风就能吹趴下的感觉。左邻右舍都盖起了砖房,有的人把房子盖得像宫殿一样,就是过去的大巴依(地主、财主)也没有住过那么好的房子。现在的人太享福了,住的是像宫殿一样的大房子,小汽车开着,名牌衣服左一套右一套,把皮鞋打得都能照进去人,天天山珍海味地吃着,时不时还要到洗浴中心洗洗、按按摩,完了再到KTV唱唱歌,这样的日子就是神仙过的日子。

其实,买买提也想过这样神仙般的日子,可是口袋里太干净了,没有让他做主的票子。房子不盖不行了,眼看着就要倒了,再说,儿子女儿都大了,一个上高中,一个上初中,学习成绩都很好,可就是家里穷了一点儿,让孩子在同学面前抬不起头。孩子们都很懂事也很要面子,虽然两个孩子没说什么,可是他知道孩子心里想什么。咳!摊上他这么个爸爸,他们能怎么办?年轻的时候,买买提不好好上学到处乱跑,混到三十七八岁才娶了个智力有问题的女人。现在人老了,身体不行了,体力活儿干不动,又没有一技之长,只能给别人放羊。

买买提每天都盼着秋风吹黄胡杨叶子的季节,那样他就可以赶着羊群回村子了。没事儿干了,就好好休息一个冬天;有事儿干了,就挣一点零花钱。说真的,要不是看在钱的面子上,他才不愿受这份累这份苦,放羊这活儿简直不是人干的,整天跟在一群羊后面,在胡杨林里钻来钻去,只能自己和自己说话。年轻的时候,他八辈子都没想过,自己老了会放羊。那时,要是有人这样告诉他,他觉得一定是和他开玩笑,要不然就是存心嘲弄,那肯定会有一个让人记忆深刻的打架场面。可是天下的事情就是这么怪。转眼之间,二三十年就过去了,他也从青年走到了老年。买买提放羊的时候,常常回想起自己年轻时的一些事。那时候,买买提活得很风光,像一匹桀骜不驯的野马,肆无忌惮地活在自己的世界里。说真的,那时错事真是没少做,糊涂的事情也没少干,想想现在,他心里总是感慨万千,常常无缘无故地叹息。他又叹息了一声,自言自语地说:"咳!人生实在是不堪回首啊!"

太阳渐渐偏西了,风也好像大了一些。胡杨叶子也欢快地跳着舞,红柳摇头晃脑地扭动着瘦弱的身躯。买买提从地上站起来,手搭凉棚向羊群的方向望了一眼,他决定今天早一点儿把羊群收拢到一起,不然刮起大风来再收拢,恐怕就来不及了。就在他向羊群方向走去时,一个大大的旋风在他身边卷起,他刚想躲开,眨眼就被卷进了旋风之中。买买提突然感觉天昏地暗,身体随着旋风旋转起来。买买提心里还十分清楚,用双手捂住面孔,身体下沉蹲下。旋风终于过去了,买买提赶紧吐了两口口水。据说,这样可以驱邪。

买买提用手扑打脸上的尘土,他的手突然在脑袋上胡乱摸了几下,这才发觉自己的帽子被旋风借走了。虽然这顶帽子已经很旧了,不值几个钱,但是陪伴了他多年,买买提还是有一点点心疼。当他抬起头向羊群的方向望时,看到一个更大的旋风在羊群上空形成,先是卷起地上的树枝和乱草,之后,他看到了更可怕的一幕,他看着一只小羊羔像一片树叶一样,被旋风高

高地抛在空中,而且随着螺旋似的黑风柱不停地上升着。

买买提知道,这回完了,就是小羊羔不被旋风卷死,也会在旋风停下时摔死。买买提撒开腿就向旋风的方向跑去。当旋风停下时,买买提也跑到旋风停止的地方。他发现不止一只小羊羔被摔死了,还有两只小羊羔伴随旋风而去了。买买提慢慢地坐在地上,他不知道怎么给羊老板斯迪克交代。那时候,他的眼前出现了羊老板斯迪克那张胖乎乎的面孔,厚厚的嘴唇一上一下地动着。说了些什么呢? 买买提没有听见,在他的心里,羊老板斯迪克就是一个爱钱的家伙,这三只小羊羔肯定不会白死的。

买买提轻轻地抚摸着死去的小羊羔说:"羊啊羊啊! 你们死得真冤呀,也把我坑进去了。"

第二天,羊老板斯迪克就开着车来了。买买提心里琢磨,这个家伙今天干什么呢? 他知道昨天旋风摔死了三只小羊羔? 羊老板斯迪克说:"买买提,昨天没出什么事吧?"

买买提指着墙角下三只死去的小羊羔说:"一个大旋风把这三只小羊羔摔死了。"

羊老板斯迪克走过去蹲在地上看了看说:"埋了吧。"

买买提把昨天刮旋风摔死三只小羊羔的事说了一遍,可羊老板一句话也没说,钻进车里要走。买买提趴在车门上吞吞吐吐地说:"老板,这事儿可不怨我,能不能宽容一下?"

羊老板斯迪克扭头看着可怜兮兮的买买提说:"这是风的事情,和你没关系。"

看着羊老板斯迪克的车子后面拉起的灰尘,像一条高高翘起的尾巴,买买提不知道这条尾巴会不会留到秋天。

恐高症

曾纪鑫

小莉说："你瞧,人家都跳了,你要还是个男人的话……"

叶明道："这与是不是男人没有关系,我从小就有恐高症。"

"你有心脏病吗?"小莉问。

叶明反问:"要是有,你会怎样?"

"咱们立马拜拜,心脏病猝死的概率极高,我可不愿年纪轻轻守活寡。"

"那我没有。"

"只要你肯往下跳,什么问题都迎刃而解了。不仅证明你没有心脏病身体健康无病无疾,还可证明你有勇气,有活力,有魄力,"小莉说着,抛给叶明一个媚眼,"更能证明你有魅力哦!"

"啊——"这时,又是一声长长的惊叫声响起。一名穿牛仔裤的青年男子,正从搭建在河流上空的一座四十多米的高台上往下跳,接近河水时,绑在双踝的橡皮绳发挥效力往上一拉,男子倒立着向上弹起,在空中反反复复地弹跳不已。

叶明望了一眼,下意识地摇摇头,身子不由自主地涌过一股战栗……

等他恢复常态时,发现小莉竟不见了。

"小莉——"他拖着颤颤的声音叫道,感到了另一种恐惧与惶惑。

不一会儿，就见青春靓丽、扎着马尾辫的小莉一阵风似的跑了回来，塞给他一张卡片："给，票都买了，不跳也不行了！"

他哭丧着脸，一个劲地推辞着，解释着，赔笑着，希望小莉能够理解他，原谅他，除了这个讨厌的可恨的蹦极，别的什么他都愿意做，今后哪怕做牛做马也愿意，就只差给她下跪了。

小莉面无表情地听着，斜睨着眼瞧着，一声不吭。

僵持了一会儿，小莉走上前，将他往前推，一直推向那耸立在河中的高台。

"我陪着你，给你鼓劲、打气！你要是心中有我，就不会害怕，就半点事也没有了！"尽管小莉柔情似水地宽慰着，鼓励着，可叶明只觉得自己被绑架了。

他终于站上了高台顶端，工作人员为他做着蹦极前的准备。

叶明机械地、麻木地配合着，几乎忘了害怕，只觉得脑海一片空白。

一应的安全准备工作都做好了，轮到他往下跳了。

事已至此，怕也无益，眼睛一闭，舍得一身剐，往下跳吧！脑海里这样想着，可肉体的叶明，望着脚下的空间与碧绿的河水，双腿像灌了铅，怎么也动不了。

小莉的声音再次响起："跳呀，快点跳呀，叶明你怎么不跳呀——"女中音变成了尖利的女高音。

这时，如僵尸般站着的叶明突然感到背后被人狠命地推了一把，他的身子顿时脱离了高台，射向空中。

"啊呀——"一声怪异而恐怖的长啸掠过天空，似坚硬的石子撞击河水，叶明的身子在透明的空中如波涛般上下汹涌，起伏不已……

也不知过了多久，浪涛消失，水面平静，倒立的叶明终被一艘小船上的工作人员所接纳。躺在船上的他，这才恢复了知觉。

就这样，叶明终于完成了一次高难度的蹦极历险。

在感激小莉的同时，叶明觉得他们俩并不是一条道上的人，于是狠狠心跟她道了声"拜拜"。

一对亲密恋人，就此各奔东西。

粉彩杯

王春迪

阿福要出门了。

走之前,阿福他爹王老汉,用一块火红的方布,将一只杯子严严实实地裹好,掖到阿福的怀里,而后,拍了拍阿福肩上的尘土,脸一背,手一挥:"走吧!"

门口,本家的兄弟点了一挂小红鞭,在一阵噼啪声中,十七岁的阿福,一路向南。

这是阿福第一次出远门,他要去鲁东南的赣榆老街,找海爷。

这条路,十年前,王老汉就走过。那年,鲁中遇上了百年不遇的蝗灾。鲁地人家有在院子里种树的习惯。究其原因,其中一点,就是等闹饥荒时,没东西吃了,还能用树皮果腹。要说这一场灾真的太重了!这年冬天,还没到腊月呢,好几户以前穿长衫、吃细粮的体面人家,家里的树都没皮了,更甭说平头百姓得饿死多少了!王老汉一家,眼瞅着一只脚就踏进阎王殿了,无意中,听人讲,鲁东南赫赫有名的富商海爷,和他一样,都是打山西那边过来的。不仅如此,还是同一个堂号。论辈分,海爷还得管王老汉叫叔哩。

王老汉牙一咬:"唉,有枣无枣,去打一竿试试吧!"

海爷跑生意去了,不在府里。家里几个姨娘正关着门打牌,只有四姨奶

奶秋芳套着个戏服在院中咿咿呀呀地唱。阳光下，白得刺眼的水袖，透着一股子寒气。下人禀报时，秋芳正歪着身子，水袖遮住她的瓜子脸，露出一只狐媚的眸子。秋芳先是一锁眉毛，下人以为她嫌烦，转身要将王老汉支走。不想，刚转身，一个凉凉的调儿从水袖后面透了出来："先带他去吃饭吧！"

　　饭毕，下人领了王老汉去见秋芳，秋芳高坐厅堂，跷着兰花指喝茶，半边脸在茶杯后面隐着。好长时间，厅里，只有杯盖拨着茶叶沫子的声音在来回游走。半晌，听秋芳说了句："坐吧。"王老汉便挨着门坐了，半边屁股却是悬着的。

　　下人给王老汉上了茶，用的是粉彩三才杯，茶杯晶莹透亮，画着青山绿水，透着光来看，仿佛山在走、水在流，王老汉从没见过这样的宝贝。

　　寒暄几句，王老汉遂把一路上演习了好多遍的话，一股脑儿地往外倒。

秋芳似听非听,待王老汉讲自己一家老小快要饿死时,突然插了一句:"山西老家那边,有什么可口的小吃?"

王老汉一愣,寻思了一会儿,随后细细地说了几个类似黄条条、捏粑粑、绿豆丸子、甜荞面凉粉的老家小吃,直听得秋芳深深地打了个呵欠。秋芳跟下人耳语了几句,随后,下人送上来了一些银钱。王老汉这边还在讲呢,秋芳已经起身了。秋芳抄起帘子进里屋之前,回头瞥了一眼杯子。那粉彩杯捧在王老汉粗黑的手中,像是剥了壳的鸡蛋掉进了煤渣里。秋芳跟下人说:"把这杯子给他包着,让他带回去哄孩子玩吧。"秋芳还客气了一句:"等你家孩子大了,长得聪明机灵的话,就送到府里来做事吧。"

王老汉跪在地上,千恩万谢,磕头如捣蒜。

几天后,海爷回来了。晚上,秋芳亲自下厨,照着王老汉的说法,弄了几样山西小吃。海爷很高兴,随后便在秋芳那儿过了夜。卧床上,秋芳就把王老汉的事儿添油加醋地说了,海爷听罢,心里一阵热乎,觉得秋芳跟那些只知道打牌花钱、钩心斗角的姨娘不一样。自打年前大奶奶病死了,府上就一直没有个主事的人。此后,海爷便把许多家事私事,都交给秋芳去打理了。

秋芳从中捞了不少好处。

回家后,靠着海府的恩赏,王老汉本想在南湖边买点儿地,那儿土肥,但寻思四姨奶奶最后说的那句话,便又放弃了,只在坡岭边买了一点儿薄地,而把血本押在了教育阿福身上,让阿福读书认字学礼数。自打王老汉从海府回来,他对阿福的管教严格多了。就连吃饭时,若是阿福的筷子过山过海了,或是嘴巴发出吧唧吧唧的声音,王老汉都会拿筷子狠狠地敲他、训他。

没事时,王老汉常把那个粉彩杯取出来擦,边擦边讲他去海府的经历。讲的时候,少不了添油加醋,而讲多了,连他自己也模糊了究竟哪些是事实。这些年,王老汉一直在打听海爷,一旦得知海爷的消息,王老汉脸上就泛起了红光,甚至还买点儿烧酒庆贺庆贺。醉醺醺时,王老汉便把阿福叫到门框边比画,量量又长了多少,嘴里还叨唠着:"快点儿长吧,长成大人了,你就能

浮生·拴在琴弦上的魂

去服侍海爷了！"

可王老汉哪里知道，这十年间，海府发生了好些事。那个四奶奶秋芳，竟然偷偷学了抽大烟！海爷一气之下，把她冷在了深院里。

阿福来时，秋芳刚抽完烟，散了架似的瘫在榻上。阿福把粉彩杯呈给她，她也没看，只用烟枪挑着阿福的下巴，让他抬头，再抬头。当阿福把他那明眸皓齿的俊秀面庞一览无余地展现在秋芳眼前时，秋芳笑了，说："不错，留下吧。"

阿福很高兴，以为很快就能跟随海爷了，所以每天早起晚睡，手脚不停，见谁都点头哈腰。不想，几个月下来，他每天的活儿，只是给秋芳端茶、倒壶、捶腿、点烟。一次，阿福给秋芳捶腿，捶着捶着眼皮就耷拉了，秋芳用小脚蹭了蹭阿福的脖子："来，上来，抽一口，抽一口你就不困了。"

阿福碍不住秋芳的要求，遂对着烟枪抽了一口，又抽了一口。两口下去，整个人就晕乎了，像喝醉了一般。迷迷糊糊地，阿福觉得好像有人在解他的衣裤……

阿福一直没能服侍海爷，直至后来他染上了烟瘾，烂泥一般软在秋芳的怀里，被几个家丁拖了下来，打断了腿，驱逐出府，也没为海爷干过一件事。

断腿的阿福每天两眼肿黑、满身污垢地蜷缩在大街上，向人乞讨，挨人唾骂。走投无路的阿福，托人捎信给他爹，求爹接自己回家。可王老汉觉得阿福混到今天这步田地，全怪他自个儿不争气，丢了家里的脸！王老汉心一横，权当没这个儿子。

不久，王老汉收到了一个包袱，打开一瞧，竟是一把碎瓷渣子，一堆破碎的青山绿水。

等王老汉回过味来，要去找阿福，早已经来不及了。

阿福已在老街投河自尽了。

1974 年天空的鱼

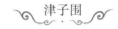

津子围

　　这个故事是朱余给我讲的,那时我们住在图书馆旁的老宿舍,寝室在一楼潮湿的西北角,对门就是厕所。我记得那是一个雨夜,雨打窗户的声音遮盖了厕所里的滴水声。半明半暗中,我看不清朱余的表情,只听到他干涩的声音。朱余说故事是他父亲讲给他的——

　　我父亲年轻的时候很淘气,常常平白无故地搞点儿恶作剧,比如他用土黄色的包装纸包一个包儿——那种一斤饼干或者槽子糕或者桃酥的包装包儿——放在马路边儿。点心包放下没一会儿,准有人捡起来,四下张望,或者寻找丢失者,或者察看目击者,然后鬼鬼祟祟地放到自己的背包里或者撩开衣襟藏到里面,匆匆忙忙或者慌慌张张地离开。很显然,那里面没有点心,是父亲放的泥皮儿,那些泥皮儿是泥塘干涸后干裂的一层,很像饼干。拾到点心包的人回家(有性急的也许半路)打开一看,自是空欢喜了一场。父亲想象着那个场景就肚子一抖一抖地发笑,甚至会笑得岔气儿。父亲的恶作剧之所以屡试不爽,主要是因为点心是那个年代的稀罕物,要钱要粮票,绝对的奢侈品。

　　我父亲最高级的恶作剧是在 1974 年 7 月的第一个礼拜天搞的。那天阳光灿烂,父亲去供销社买了一瓶红烧肉罐头和两棵大头菜。那个时候我父

母结婚不久,母亲是护士,新婚第三天就随医疗队去支援牧区,一走就是三个月。父亲接到母亲的电报,知道她下午到家,准备晚上包饺子迎接母亲。父亲哼着小曲走出供销社的大门,来到街边,随意地用手搭凉棚,看了看热辣辣的太阳,望的时间并不长,等他放下手时,发现身边有两个人也跟着望向天空。

一个龇着黄板牙的矮个子问父亲:"你看见什么了?"

父亲狡黠地笑了,又开始郑重其事地看着天空。

"到底看到什么了?"另一个满脸青春痘的瘦高个儿问。

父亲不说话,只管抬头看天。

不一会儿,凑过来十多个人,人们都仰望天空,一边望还一边议论着。

"看见了,看见了!"有人说。

"在哪儿?"有人问。

"在那儿,你没看见吗? 你真笨!"

"哎呀,可真是的,我看见了,看见了!"

"哪儿呢,哪儿呢?"

越来越多的人围拢过来,还有老人、小孩和妇女。

一个人在父亲身后拍了一下,说:"闪个空儿,你挡住我了。"

我父亲挪了两步,又听到一个老人喊:"别挤! 挤什么呀!"

一个女人喊:"你踩我脚后跟儿啦!"

"我踩了吗? 别瞎赖呀!"男人的声音。

"缺德!"女人嘟哝。

"别碰我啊!"小伙子的声音。

"我碰你怎么啦?"另一个小伙子的声音。

"你再碰我一下试试!"

"我就碰了怎么的!"

…………

两人吵了几句,就找地方武力解决去了。

我父亲已经悄悄地挤出了人群。走出大约一百米后,他回头望了望,发现人们还在仰望天空。

父亲向家走去,笑了一路。

朱余说:"自那天算起,十个月后我来到这个世界,我父亲给我起名叫朱鱼。我觉得这个名字太土,上大学之前改成了朱余。"

毕业后我和朱余天南海北的,联系也少了,可他讲的故事我久久不忘。

一个雨夜我给朱余打了个电话,问他:"你讲的故事和你的名字'朱鱼'有什么关系吗?"

他一时没反应过来,我复述了他父亲仰望天空的事儿,朱余笑了,他说那天傍晚,母亲回家对父亲讲,供销社门口一群人在看天空的鱼。

父亲问母亲:"你也看了?"

母亲说:"是啊,我不仅看了,而且我还隐隐约约看到了鱼。"

朱余问我:"这么晚了给我打电话就这事儿?"

我说:"嗯!"

拴在琴弦上的魂

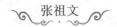

张祖文

扎西是马术队队员。他一生最大的梦想，就是能在拉萨开一场个人的马术表演。

扎西来自藏北草原。那个地方，天高云淡，地广人稀，扎西从小便在草原上练就了一身过硬的马上功夫。在他刚八岁时，他就能从疾驰的马背上拾起放在地面上的哈达。

还在扎西没有成年时，他就听人说，整个高原，只有拉萨的马术表演水平最高，于是扎西便非常想到拉萨去。

但扎西家很穷。开一场马术表演，是需要很多钱的。于是，扎西便有事无事地待在草原上，看着天空中自由自在飞翔着的雄鹰，感觉自己真是很渺小。扎西家有一把祖传下来的琴，他便经常把琴带在身上，对着蓝蓝的天空弹奏。此时，"拉萨"便往往会默默地陪伴在他的身边，偶尔望着远方发出一阵轻轻的嘶鸣。

"拉萨"是扎西的爱将，是一匹纯种的蒙古马。因为对拉萨的向往，所以扎西便给它起了这个名字。"拉萨"的前肩很宽，颈子也很长，肚子却很小，身材也很消瘦。但就是它，让扎西在每次的草原赛马大会上都能摘取桂冠。扎西和"拉萨"，基本上是朝夕相处，因此对彼此都非常了解。可以说，他们俩完全做到了"人马合一"这种每一个赛马人都梦想达到的境界。

扎西的奶奶已经年近八旬了,奶奶也很喜欢听扎西弹琴。一天,正在听扎西弹琴的奶奶把扎西叫到了身边,拿出了一块绿色的玉,对他说:"孩子,这是我唯一值钱的宝贝,如果你真的想到拉萨去,就把它卖了换作路费吧。奶奶年纪大了,可能不久以后就要去了。"扎西拥着奶奶说:"奶奶,这可一直都是你的宝贝啊。"奶奶笑了笑说:"傻孩子,只有你才是奶奶真正的宝贝啊。"

扎西去找人买玉。他想尽快把玉换成钱,好启程到拉萨。

扎西找了好多人,却都没有谈成。扎西的心很急,每次出去卖玉,扎西都牵着"拉萨"。好多次,"拉萨"都望着某一个方向嘶鸣。

一天,有一个人来到了扎西家,说是要买扎西的玉。那人看了看之后,故意很平淡地对扎西说,玉质很一般。扎西问他能出多少,那个人伸出了两个手指头。扎西当即就要把那玉收回来。那人忙又多竖起了一个手指头。

扎西的奶奶看了看扎西,说算了吧,就卖给他吧。扎西望了望奶奶,只能无奈地从那人手中拿过了一沓钱。扎西看到,当他把玉交给那人的时候,奶奶的眼神好久好久都没有收回来。

有了钱,扎西就开始准备去拉萨的事宜。"拉萨"那几天也明显地兴奋了起来,它不时地在地上刨着蹄子,似乎心情很是急切。

几天后,扎西就牵着"拉萨"出发了。因为想让"拉萨"和他一起到拉萨去表演,他们俩便只能走路。离家出发时,扎西看到奶奶的眼中突然闪现出一抹忧郁的眼神。扎西想,回来之后一定要好好地给奶奶弹奏一曲她最喜欢的曲子。

一个月后,扎西到了拉萨。他先在几个小型的场合表演了自己的马术,没多久就取得了轰动效应。然后,扎西就开始准备在拉萨最大的北郊赛马场举办自己的个人马术表演。

那一天,来了好多好多的人。当两匹深灰色的骏马迎面飞驰而来时,骑

在"拉萨"背上的扎西向右侧倾斜身体，只用一条腿吊在马蹬上，另一条腿笔直地伸向空中，然后两只胳膊和头朝下，整个身体随着"拉萨"有节奏地颠簸着。迎面而来的两匹马疾驰如风，眨眼间到了扎西面前。而扎西和"拉萨"，则从那两匹骏马之间仅有的五十厘米的间隙中，飞驰而过，还随手捡起了放在地上的一条哈达。

观众席随即爆发出热烈的掌声。

扎西成功了，他和他的"拉萨"都成功了。

但在成功后，扎西却不时地想起奶奶那抹忧郁的眼神。他决定尽快回草原上去看看奶奶。

当扎西和"拉萨"回到家里时，扎西的舅舅正在他的家里。扎西看到，奶奶已经躺在床上，一睡不醒了。

扎西很悲痛。他问舅舅，怎么奶奶这么快就去世了？舅舅看着扎西，心痛地说："孩子，你真不知道是什么原因吗?"扎西摇了摇头。舅舅说："孩子，你知不知道，你奶奶给你拿去换路费的那块玉，可是她的护身符啊。你奶奶刚出生时，给她取名的活佛就把那块玉给了她，并叮嘱说，只有那块玉一直在她的身边，她才会永保安康。"扎西听了，悲恸地跪倒在地上。拉萨在他的身后，也用力地用蹄子刨着地。

扎西找到了那个买玉的人，说明了来意。那人伸出了五个手指头。

以后，每天清晨扎西就牵着"拉萨"来到草原上，神情忧伤地弹着琴。草原还是那样的空旷，只有雄鹰，仍一直在高高的天空飞翔。扎西觉得，琴弦上发出的声音，就是奶奶的灵魂永远都会在高空中寻找的东西。

牌　局

苏　北

　　家乡有一位老人,善打牌。牌者,麻将牌也。全镇数他技艺最高。麻将一百三十六张,条饼万,中发白,东南西北风,他是张张摸得出来。他抓牌,三墩搭一,一副牌十三张,他抓到手,先看一遍,之后便打乱牌张(条饼万混放),以免看者插嘴,暴露了牌。一般情况下,他抓一手牌,都是直接将牌在面前放倒,抓一张,有用的,便放一边,换一张废牌打出,这样几圈下来,他把牌一掀,和了! 别人看不懂,看半天还不知道他是怎么和的。他笑着让别人看,直到别人"噢"的一声,忽然一下明白了,他才将牌推了重新洗牌。

　　他本姓张,可是这个镇上的老人小孩,根本不叫他的大名,给他起了一个绰号:教授。大家见到他,都呼"教授"。他并不避讳,欣然接受。别人嬉笑:"张教授,玩两把?"他笑嘻嘻地说:"好! 玩两把!"

　　各地打牌玩法不一,可谓五花八门,如果统计,可能有几百种,可以编一本"麻将大全"。这个地方打牌是"听大绝"。所谓大绝,就是听最后一张绝牌。比如有二三饼,听一饼。这时牌面上已有一家对了饼,就只剩下唯一一张一饼在余下的牌中。这时别人打出或者你自摸,都可以和牌。三家谁打谁给钱,曰"放铳"。如果自摸,则三家都输。

　　老张年轻时喜欢打夜牌,吃了晚饭出门,天亮之前回来。一夜下来,老

张总是赢得多输得少。那时困难,一场牌下来,也只是十来块钱的输赢。为打牌,小两口没少吵架,这样磕磕碰碰几十年,也生了四五个娃。人生不经过,娃子一天天长大,老张转眼也五十出头。

几十年来,小镇发生了翻天覆地的变化。小镇变大了,冒出许多楼房;镇子周边,土地也被征用了,成立了工业园;镇上原来不起眼的人,几十年下来,也成了王老板马老板;镇上的小汽车一天天多起来,网络布满每个家庭,每家都是几部手机。孩子们都长大了,出外打工去了。

老张老了,头发已完全白了,不过身体还好,除血压略高外,所幸还没什么大病。老了的老张闲时还是打牌,不过跟他打牌的老人渐渐少了,年轻人多了。年轻人开玩笑,多叫他"张老教授"。镇上开了许多麻将馆,打牌也再不用到家里去了。

老张打牌的这家麻将馆在镇南边,叫"永胡麻将"。这一天,小王小马小林和老张相约打牌。说是小王小马小林,其实是王总马总和林总,他们在镇上都有企业,有的产值过亿,都是大老板。可牌也打得不大,一场下来不过几百块钱输赢,还是以娱乐为主。老张和小王他们是老牌友了,一般都是这几个牌友在一起打的。几年下来,老张都是赢得多输得少。

这天老张不顺,估计是牌神不在家,打了一下午,老张不开和,还输了有好几百块。老张是久经沙场的。他虽心中犯急,可面上始终不动声色,还是一圈一圈地打。打牌几十年,像今天这样的情况,从来没出现过。过去也有牌背的时候,但多少还能和几盘。今天奇了,一盘不和。

老张今天出门,忘了吃高血压降压药,平时也有忘吃的时候。偶尔一两次,也没什么关系。今天老不和牌,老张心里不大高兴,于是血压不稳,升得快。老张的脸都涨得通红了。小王对老张说:"教授,看你气色不对,今天干脆不打了,明天再来。"老张也想不打了,赶紧回家吃药,输这几个钱,对老张也不算个事。可这一盘,老张来了一手饼子,转了几圈,总是缺一张,不能听牌,老张想打完这盘就结束。如果这盘和了,少说也有好几百;如果是自摸,一人就几百,一下子就能把输的钱扳回来。老张这么想着,就摸起一张牌,正好是个二饼,听了! 独钓一饼。对家吃了一手牌,有一封对一饼躺在对面,还有最后一张一饼,在余下的牌张中,就看老张有没有运气自摸了!

老张不声不响,一张一张去摸,已摸了两圈,都是万字。上家的小王似乎发现了情况:"教授有大牌,这一下和了,会要命的!"老张面上若无其事:"屁的大牌,还没有听张,何以大牌?"嘴上虽这么说,可心中还是发急。像老张这样的老手,都眼睛直了地看着对方手中出牌,不敢有一丝大意,因为剩下的牌不多,顶多再有两圈就抓完了。

老张这么算计着,抬手就是一抓,他只轻轻一摸,就知是个一饼,根本不用再看。他心中一阵狂喜,今天这一场牌,几个小时不和,现在总算开和了!不和不要紧,一和就是自摸大绝,也太绝了! 他这么想着,就高声说:"和了!自摸大绝!"

说完就把牌往桌上一掼! 牌"哐当"一声,蹦起老高,就听一声响,牌不见了。

三家放下牌,都伸头来看老张的牌,是听独钓的一果大绝,牌是没错的。可是自摸的那张一果呢? 只掼一下,飞哪儿去了? 大家一起来找,桌上的"河"中,一张牌一张牌地翻,没有! 地下,有人蹲下趴下到地上找,也没有! 真奇怪了! 老张说:"你们身上,你们身上摸摸,看飞身上没有。"大家纷纷拍自己身上,掏自己口袋,把口袋翻了出来,还是没有!

又找了一遍,旮旮旯旯都找遍了,还是没有!

老张说:"是和了,你们给钱。"大家说:"肯定是和了,我们知道肯定是和了,可是牌呢? 没有牌我们怎么给钱呢?"

老张想想也是,没有这张一饼,怎么跟人家要钱呢? 自己是老江湖了,算了! 他把牌一推说:"算了! 不玩了! 今天算我手背。"说着站起来。可能是站得猛了,老张头一晕,就要倒,嘴里不自主地"啊哟啊哟啊哟……"一迭声几句,人就瘫了下去。众人赶紧一拥而上,将老张架住,有人掐人中,有人

浮生·拴在琴弦上的魂

抱着老张胳膊紧摇:"老张!老张!老张!"

有人赶紧用手里的手机打电话,叫急救车。一番折腾,没几分钟,急救车来了,人们七手八脚地把老张抬上车。小王还不错,爬上车,亲自陪着送老张到医院。到医院,又是一阵急救,可是老张死活不动弹。乱了一阵之后,医生摊摊手,摇摇头说:"没救了。"

老张死了。老张这桩奇事,人们议论了一阵也就罢了。

转眼到了年底,永胡麻将馆依然生意兴隆。麻将客依然按照自己的习惯按时来打牌,王总马总林总又有了新的牌友,他们依然牌兴不减,经常在这里玩。这天打到半夜,忽然牌桌上方的电棒闪了几闪,不亮了。小林对着外面喊:"胡老板,电棒不亮了,换根电棒管子!"

胡老板答应着走了过来,用手机上的电筒照着,将管子转转,还是不亮。老板说"等一下",转身拿来了一根新管子。一边手机照着,胡老板一边拔下管子,刚将旧管子拿开,在电棒盒子上边的槽子里,发现有个麻将睡在一层灰中。胡老板惊奇地说:"怎么有个麻将?"说着就用手抓了起来,一看,是一个一饼。胡老板用手将灰尘一擦,一饼中间那个通红的圆立马鲜亮了起来。

众人忽然一声惊叹。王总马总林总"噢"了一声,互相对望了几眼,脸上沉了下来。

马总忽然对王总说:"小王,'教授'死了多长时间了?"

小王掰着指头数,七月八月九月十月十一月十二月,之后望着自己收回来的指头,幽幽地说:"老张走了快半年了!"

T 恤衫

孙春平

街头老人角的人员基本恒定,一个个端着大茶缸子,或摔象棋,或甩扑克,高声亮嗓地一边玩一边指点江山。年龄嘛,多是六七十岁的,耄耋之人也有,但不多,来个三五次也就不见了踪影。五六十岁的小老头儿也不多,来了也坐不住,晃一晃不定又忙什么去了。这情景有点儿像路边的冬青树,乍一看,一年四季都绿着,但细观察,方知有些叶子在一天天枯萎,又有新叶子在悄然抽芽。世上没有永恒不变的事,人生也是如此。

今年夏天,老人角又新增了一个人物,瘦高,身穿一件数十年前的工装,左衣袋上方还隐约可见红星机械厂的字样。昔日的工装多是这样,时下极少见人穿了。红星厂也早成了历史,先是民营,后来中外合资,眼下还有没有,不得而知。年龄在老人角算是年轻一茬,头发还茂密着,以前可能一直在焗染,看来不想染了,发根那一层白茬便日渐厚起来。老人们对新人来去均持不冷不热的态度,也很少有人打听以前是做什么的,家中什么情况。都已进了夕阳岁月,顺其自然才好,该知道的总会知道,人家不愿说的你还打探个什么劲呢?此人来了从不多说什么,见楚河汉界正厮杀,便君子观棋不发一言,见斗地主打娘娘哄嚷热闹,不时也跟着呵呵一笑或摇头叹息。有时,场上缺人,他也不推辞,一出手便知有些功夫,不可小觑的。

浮生·拴在琴弦上的魂

表面看,以为聚到这里的都是赋闲之人,那就错了。老人们身上都有武把操,或电工,或木匠,或水暖,还有人会摆弄自行车、摩托车,只是不像劳工市场上的师傅那样脚下立块牌子。年龄大了,不虞温饱,得做且做,挂角一将,谁还甘心为那几个小钱儿去受人差使呢?

不时地,会有人跑来问,我家没电了,也没通知停电呀;或说,我家下水道往上返水,哪位大叔去帮看看吧。

每到这时候,便有人应对几句,然后拎起不定藏在哪儿的工具袋,随人去了。

可往往也有这种情况,来了,也问过了,被问过的人却继续摔棋子。

每到这时,曾经红星厂的那位便应道:"我去吧。"

如是三番,人们就有些奇怪了,这主以前是干什么的呢?

有人说下水,他去;人家说停电,他去;有人说瓷砖脱落,屋顶漏水,他也去。

有人问,你还啥都敢摆弄呀?

此人一笑,说样样通,样样松,不稀罕。

再往后,来人便常是专找肖师傅了,人们这才知道他姓肖。

有人问:"老肖你这么受欢迎,怎么讲的价?"

老肖仍是淡然一笑,说:"讲什么价,我是泥菩萨坐佛龛,凭赏,不给也中。"

此话似乎亦可当真,因为有时他回来,常是把还没开封的香烟丢给众人,说:"抽吧,我烟瘾小。"

那烟有软中华、硬玉溪,很牛掰的那种,也有红河或石林,寻常百姓的家常物。

甚至,有时他还拎盒糕点回来,说:"垫补垫补吧,中午就不用回家了。"

本来,有人对此人抢活计撬生意是心存怨气的,但看他如此大度,况且人家常是在别人不愿出手的时候才起身,倒也说不出什么了。

夏日渐消,已见秋凉。

一日,一个漂亮少妇匆匆跑来,说家里水管坏了,厨房漾了没脚面的水,请哪位大叔快帮修修吧。

老人们你看看我,我看看你,谁也不吭声。这种小打小闹的维修,不过是换根管子或阀子的事,人家即使肯出工钱,油水也不大,要多了不讲究,要少了又不值,还免不了弄得一身泥水。

自然,又是老肖起身了,他对少妇说:"你先回家,我去建材商店把可能需要的材料带上。"

少妇说:"你先看看需要什么再买不行吗?"

老肖说:"我跟那些人都熟了,先赊着,不用的我再退回去,省得来回瞎跑了,放心吧。"

两人离去,有人望着老肖的背影说:"这老兄,倒会讨女人喜欢,不会是人家身上的上下水他也能修吧?"

众人哄笑。

老人角的这些人，多是粗人，说话不走心，荤素咸淡，只博一乐，没人计较。

过了晌午，老肖复归，引人注目的是前半身湿答答的，尤其是那件工装，前襟上已满是铁锈与泥污，看来活计确实不轻松，估计是伏在地上钻进橱柜下完成的。

有人问，都这时候了，没留你垫垫肚呀？

老肖答："厨房出了毛病，还吃个啥？"

又有人说，衣裳都湿成这样了，回家换换吧。

老肖答："大日头秋老虎，一会儿就晾干了。"

说话间，老肖又从工具袋里抽出一件没开封的深蓝色 T 恤衫，丢到牌摊上，说："女主人赏的。你们谁喜欢，就拿去穿吧。"

人们争抢着看，有人指着商标惊讶地说，我的天，百分之三十羊绒，百分之七十棉线，少一千元拿不下来，老肖，这回可让你淘着了。

又有人看尺码，说 XL 的，正合你的身子，老肖，快换上吧，不会是人家专门给你买的吧？

老肖仍是淡然一笑，说："我还是穿这身工装舒坦。"

数日后，当老人们又聚一起时，有人悄声说，这老肖，可不是等闲人物。年轻时，他是红星厂的维修工，因为心灵手巧，号称厂里首屈一指的维修大拿，没有啥活计他不敢接手的，再加能说会写，连得了好几年的厂先进。后来，当了车间主任，当了副厂长。再后来，调进工业局当了副局长，又进市政府当了处长。可惜的是，前一阵因为高层腐败案子，由正处一下被撸到副科，回家只等着办退休手续啦。

有人突然打断，说别说了，他来了。

远远地，老肖还是穿着那身工装，提着工具袋从容走来。

人们一下息了声，低下头装作洗牌摆棋，这时刻，谁知各位心里都在想些什么呢。

大　叔

于德北

　　那一年，我正在外地出差，家里传来消息，说大叔死了。早就知道他病倒了，前景不好，但没想到这么快。接到电话，内心泛起哀伤，不自觉地沿着小街走到天一阁旁边的江堤上。

　　大叔结婚的时候，我还小，只知道吃糖、吃肉，对他内心的喜悦一无所知，只知道大婶家离我家不远，大婶高兴了，不高兴了，一哈腰就能回到娘家去。高兴了，是去看爹看妈，去去就回了；不高兴了，那一定是和大叔拌嘴了，心里堵着气，用农村妇女一贯的办法对大叔加以惩治。

　　大叔受了惩治，自然会穿戴一新，骑着自行车，背着猎枪去老丈人家，三说两说，怎么也要把大婶接回来。

　　接回来了，便有几日一家欢声笑语。

　　读者一定纳闷，大叔背着个猎枪干什么呢？

　　这就说到他们家的点子上了。

　　大叔不是二流子，但在农村绝对属于游手好闲之辈。集体的活儿是能推就推，能躲就躲，实在躲不过了，就磨洋工，一年到头，挣不上几个工分，是个连口粮都挣不齐的主儿。

　　可是，他有一个癖好，那就是打猎。

我们家乡那个地方属于平原,没有什么太大的野兽,一年看到两回狐狸都属于开了眼了,其他的,只有野兔、野鸡、野鸭子、刺猬、鹌鹑等供大叔消遣。

大叔枪法不准,一般"出猎"都是十去九空。对此,他不以为然,累了,就在壕沟或梁上睡觉,睡醒了,扛着枪回家。偶尔有了收获,那一定是全屯子都知道,因为他会派自己的儿子满街找我另外几个叔叔去家里喝酒。

日子什么都不怕,就怕磨。

坚实的,如磨盘,磨着磨着就磨好了。不坚实的,如江石沫子,磨着磨着就碎了,四分五裂,接不上了。

大叔和大婶就属于后一种。

生产队的时候,怎么也好说,书记、队长、会计、妇女主任、民兵连长,都不会让你饿死。可土地承包以后,大叔还想这么混指定是不行了。孩子小,家里只有他和大婶两个劳动力,总不能把家里家外的活儿都丢给大婶吧?

可大叔还真就这么想的。

苞米种下去了,草比苗高,大婶一个人干不过来,气得跺脚直哭。吵着骂着把活儿干了,基本上也是干一天躺三天——大叔就这么一副坯子,再好的模子又能把他脱成啥样呢?

这么打闹着,两个孩子降生了,长大了。

还是这么打闹着,他们一天天就老了。

大婶把大叔的猎枪藏起来了,大叔四处借钱买了一把气枪,大婶把他的气枪藏起来了,他却做一把弹弓。他们就是这么斗智斗勇着,一个希望对方改掉恶习,一个却一味坚守着自己的人生追求——如果大叔的行为还算追求的话。

突然有一年,上头下达禁猎令,似乎所有的野生动物都变得珍贵无比,受到严格的保护。打猎是违法的事,违法的事你还敢干吗?

大叔也不敢。

大叔不打猎了,整个人就变蔫儿了,他实在没有其他的爱好,所以就一天天望着天空发呆。他病了,吃不下去饭,拉不出来屎。刚开始,家里不以为然,以为他因为禁猎的事心气萎靡。可是,时间长了,看他面黄肌瘦的样子,几乎全村的人都"觉景儿"了,就劝大婶快点儿带他去看病。

这一看不打紧,癌症,用大夫的话说,刀都不用开了,满肚子都是。

大叔自己也明白,说什么也不同意手术,就是要回家。理由很充分,治病治不了命,浪费那钱干啥,给大婶留着养老吧。一句话,把大婶说哭了,多少年了,大婶都没这么动情过了,她抱着大叔呜咽着说:"你听话,咱们好好治病,病好了,我带你回家,回家了,你爱干啥就干啥。"

大叔没哭,反而笑了,说:"要是能回去,我啥也不干,好好帮你种地。"

大叔死了,从发现病到离世,两个多月的事儿。

....

年前,故乡修高铁占用耕地,需要迁坟,我们在外的几支子孙都要回去。回去后,总要去看望那些长辈,大婶自然也在其列了。我去看大婶,堂弟说:"这会儿没在,上南梁了。"

见我纳闷,堂弟解释说:"糊涂了。"

我更加不解。

这时,边上有人一边笑,一边解释说:"这老婆子学你大叔呢,时不时拿着烧火棍,上山打雀儿去。"说着,随便抄起手边什么家什,左右瞄瞄,嘴里发出"啪"的声音。

大家又笑了,我却突然沉默了。

浮生·拴在琴弦上的魂

戚小姐

潘　格

　　戚小姐姓戚,行七。身高一米七多,站在女人堆里如鹤立鸡群。也许是因此,她被叫了一辈子七小姐或戚小姐。

　　多年以后,面对带着一排萝卜头儿子的戚小姐,人们总会想起结婚那天风华绝代的戚小姐和她的三十二抬嫁妆。

　　那是夏天。麦子在山坡上秀发飞扬,空气中氤氲着伏苹果的香气。十九岁的戚小姐骑着高头大马,同玉树临风的新郎官并辔而行。

　　婚后的日子蜜里调油。戚小姐喜欢在书房捏了狼毫写纤秀的小楷:死生契阔,与子成说。他故意在后面续"执子之手",然后停笔,嬉笑着看戚小姐急红了脸,才饱蘸了墨一挥而就:与子偕老。他那么虔诚而认真地写,仿佛年少时发下的誓言。

　　杏子刚泛黄,戚小姐站在杏树下,一颗一颗像吃水晶葡萄。他远远地笑,笑得戚小姐站不住,啐了他一口钻进厢房。

　　风轻云淡的日子里戚小姐很乐意晒晒她的嫁妆。三十二口箱里摞着各色的大毛衣服、古玩字画。更多的时候,戚小姐还是喜欢捏了狼毫写一笔漂亮的小楷。不仅写死生契阔,执子之手,更多写岁月静好,现世安稳。他在她娟秀的字体后面续:国清石泰,福禄安荣。

"什么呀?"戚小姐嗔怪,"瞎捣乱!"

他笑:"是我王家家谱,每个字将来都会是一个男孩,开枝散叶,戚小姐您功不可没。"

戚小姐脸上一片火烧云,赶紧扭进书房继续写她的小楷。

然而现世却在戚小姐的祈愿里无论如何不肯安稳。当隆隆的炮声吵醒春闺梦里的人们,戚小姐知道她的世界颠覆了。

"收拾一下,明天就走!"已是师长的他吩咐。

戚小姐夜里起来,将三十二箱嫁妆一一打包,贴封条。

码头上万头攒动。人潮从四面八方涌来,打不退赶不走。人们近乎执拗地相信,这是最后一班船,只有搭上它才能苟活性命。

他扬了扬手里的头等舱船票对她一笑说:"你等着,我去去就来。"戚小姐忽然心慌,一把拽住了他的手。他推开笑:"又不是生离死别。"她也笑,却正色地看着他道:"你记住,我和你,只有死别,没有生离。"

他心头一热,眼眶发酸,赶紧大声安排随从们小心谨慎地将箱子送进货舱。此时,海面风平浪静,孩子们欢声笑语。

炸弹就是在这时候落下的。警笛大作。人声鼎沸:"跑啊! 快开船啊!"成千上万的人蝼蚁般呼喊着奔跑着冲破警戒,拼命跳进海跳上船。

穿越人群,戚小姐终于找到了他,徒劳地举着两只手臂,再贵的头等舱船票这会儿也变成了废纸。

"快啊,上船!"他朝她比画,隔着数万个人头喊:"先挤上去再说!"

她摇摇头,苦笑着指指身后一排儿子,用口型告诉他,上不去了。

他愣了几秒,就在这几秒里,轮船喘息着汽笛长鸣,在一片呼天抢地里缓缓驶离。他吸口气,仿佛下了个巨大的决心,然后猛然一个后退、冲刺、飞身跳跃,军人良好的职业素养让他瞬间完成这一连串动作后稳稳落在船舷上。

又一发炮弹炸在船头前,炸开了一条生路,也炸断了生离死别。

他跪在甲板上,挥别岸上的至爱亲人。无论如何万般不舍,一切终究渐

行渐远。

那果然是最后一班船。那班船拼死驶往的地方叫台湾。

有人说戚小姐是带着三个孩子沿着铁路要饭要回来的,有人看到他们四个人鹑衣百结,走得脚后跟露出森森白骨。

一个月后,九死一生的戚小姐在给儿子们的烂脚丫换药时一阵翻江倒海。她摸着肚子不禁悲从中来。这世上悲惨的故事原是开了头就不肯收尾,那个曾经发誓与戚小姐偕老的人独自挥别娇妻幼子穿越大江大海,或许至死不会知道她的肚子里有一个生命悄然发芽。

此后,戚小姐揣着肚子里的孩子,被抄家、批斗,戴着高帽子游街,剃了阴阳头掏大粪。那时的她年轻得像一段葱白。

月亮依旧升起落下,许多故事就在这月升月落里光辉或黯淡。

戚小姐还是戚小姐,只是白了头发。太阳好的季节,戚小姐喜欢坐在菜园前眯着眼。孩子跑过来奶声奶气缠着她喊:"写一个写一个!"她颤颤巍巍戴上玳瑁眼镜,捏了狼毫,写下一个个端正小楷。

真是做梦没料到他会回来。在分离了近半个世纪后,彼此垂垂老矣,他漂洋过海来看她。

儿子劝:"妈,求您了,见见吧。"戚小姐答应了。

他如约而至。一跨进院子愣了:桌上供奉着祖先牌位,地上齐刷刷跪了一地男丁。大儿子带头大声背诵道:"永利华明,仁德常成,国清石泰,福禄安荣……"

他恸哭失声,双膝着地,跪着一步步挪向戚小姐。阳光照进书房,戚小姐端坐桌前了无声息。此生唯有死别再无生离,戚小姐说到做到了。

光阴流转,多少故事烟消云散。戚小姐永远是戚小姐。每年清明,我都会去戚小姐坟上看看,给她背一遍家谱,那家谱里还有最后两句,"忠孝慈爱,信义和平",都是戚小姐教给我们的。

对了,我还没告诉你,我就是戚小姐最后一个孩子。

压在信封里的钱

申 弓

　　那一年,老主人不知道出于什么心态,将我装进一个信封里,然后贴上八分钱邮票投入信箱,我经历了飞机、汽车的长时间颠簸,最后来到了新主人的家。虽然在长途跋涉中我毫发无损,可我心里还是怨恨,同样是钱,别人可以换成一纸汇款单,让那薄薄的纸片穿州过省,自己免遭跋涉之苦,还可以光明正大地在市场里流通。而我呢,变成了违邮品,一旦被别人截走,邮局概不负责。虽说十元钱数额不大,可在当时也不是一个小数目啊,试想,八分钱一个鸡蛋,我可以换成一百多个鸡蛋呢。我就这样不明不白地被塞进窄窄的信封里,混混沌沌地来到这个人生地不熟的地方。

　　更可恶的是,这天,当新主人从邮差手中接过信封后,随手一撕,还差点儿没将我撕裂。不过我还真感谢他这一撕,让我一下子感受到了外面世界的美好:阳光那么灿烂,天那么蓝,水那么清,空气那么新鲜。我以为,从此我就不再与黑暗做伴了。

　　可谁知道我想错了。主人不知道是兜里钱多了还是别的什么原因,对我不屑一顾。严格地说,只是用那带着浓烈烟味儿的食指和中指将我夹着抽出来一下。准确地说,还不到三秒钟,便又将我塞回那个信封里,随手将装我的信封塞进了书柜里,身上还压上了一本重重的书。于是,我又回到

了黑暗之中,而且被那重重的书本压得喘不过气来。

我沮丧地在逼仄和黑暗中躺了足足二十年。

二十年呀,它可以使婴儿变成大人,可以使大人变成老者,甚至可以让沧海变成桑田。二十年里,我的那些兄弟,在活跃的市场里遨游,由一元变成十元,再由十元变成百元,百元变成千元,千元变成万元,像滚雪球一样壮大。我的心里很不是滋味,可也十分无奈,谁叫我这么不走运!

我热切地期待着主人将我释放出来。

那一年,主人陷入了困境,晚上听到他和女主人在吵架,知道他的钱包里已经山穷水尽了。我听得出来,是主人生意亏损了,好像是工厂倒闭了,而且,他的钱都让一个女孩给卷走了,这是从女主人跟他歇斯底里的争吵中透露的。

我想,是该我出山的时候了。

可是等呀等呀,主人就像是将我遗忘了一样,连压在我身上的书本也没动一下。

不但没动,我发现这段时间,主人发疯一样地买书,天天将新买回来的书往柜子里放,直压得我连呼吸都感到了困难。

经历了一段时间的困扰,主人潜心读书,虽然跟女主人时有口角,可也没啥大碍,慢慢地,好像他们又和好了。男主人的工厂东山再起,心情一天一天好了起来。这晚,他在写字,女主人走进来念:"财源广进,这四个字好!"

男主人又唰唰地写了一张:"这个更好,鸿运高照!"看得出来,主人已经渡过了难关,生意走上了正轨,是家和事兴还是事兴家和?还真有点儿说不清。可有一点是肯定的,我只有继续压在书缝里,直到终老。

那一年,全民炒股,多少人一夜暴富,主人也加入了这个行列。我想,该是我出山的时候了,而且有幸的是,主人被套住了,他的钱包又瘪了,甚至那一天女主人问他要十元钱买早餐,他也拿不出来。主人在愁苦,我心里却乐:你越是没钱就越是能想到我吧。

可是我又错了。主人彻底地将我忘记了。

后来发生的一件事真让我痛苦欲绝，男主人因为炒股被套，嗜上了赌，企图能在赌场翻身，可谁知他的运气那么不济，越赌越输，欠了一屁股的债，在债主的无情威逼之下从高高的楼上跳了下来。女主人在哭，而我却没能出来送他一程。呜呜，主人一去，我重出江湖便更没指望了。

直到很久以后的一天，我突然感觉身上的压力轻了，一个年轻姑娘将信封拿起，两只纤指伸进来，将我夹了出来："妈，快来看，这里有一张钱！"女主人迈着蹒跚的脚步来到书房，从姑娘手中接过我，混浊的眼里充满了泪水："这是你爸生前留下的，我们让它错过了美好的时光！"

"妈，我们拿去用吧。"

"还用什么，过去可以买到一百多个鸡蛋，现在连十个也买不到了，还是留着做个纪念吧。"

女主人终于说出了一句良心话。

那儿好像有棵树

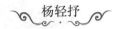
杨轻抒

陈庆芬的老伴儿刘老西窝在一张破轮椅上,轮椅的扶手和门框差不多宽,平时要出门晒个太阳啥的,都是陈庆芬想方设法给一点点儿挪出来。现在,轮椅被门槛卡住了,又没人帮忙,刘老西被卡在门框上,进退不得,样子很滑稽。

刘老西曾经也想努把力把自己弄出来,但左弄右弄,终于发现离了陈庆芬,一切都是徒劳的,就放弃了,于是,上身赤裸的刘老西就被卡在门框里,像一个方孔里塞了一团肉,还是一团水淋淋的有些变味了的肉。

刘老西说:"那儿,我记得是有棵树的。"

刘老西说话含混不清,没有人注意到他的话,就像除了陈庆芬,没有人注意到他的存在一样。

刘老西又说:"那儿,我记得是有一棵树的。"

刘老西的意思是,离陈庆芬倒下的地方不远,大概就二十米,早先是有一棵树的,那棵树不算太粗,但能遮阴,陈庆芬如果能够躲到那棵树下,就不会中暑,不中暑,就不会把命送了。

那儿真有一棵树吗?

大家觉得是,但又觉得不像。也是,这么大个城市,变化这么快,谁会记得哪儿曾经有一棵树？

一个神情严肃的中年人转过身来，擦了一把汗问："你确切记得那儿有棵树？"

见有人搭腔，刘老西显得有些兴奋，说："真的，我记得那儿是有棵树的。早些年我还没瘫的时候从那儿过，还在那棵树下歇过一回脚。"

那个人说："哦，看来是真的了，那儿曾经有棵树。"

刘老西黑黄的脸上开始泛起红光，说："我记得的，那棵树有小孩的手臂粗，嗯，也不算粗，不过，叶散得宽，能遮阴。真的能遮阴，我在那儿遮过阴的。"

中年人说："嗯嗯，那儿是应该有棵树。"

见中年人说话了，围着看热闹的人也兴奋起来，终于有人想起了说："对对对，那儿就是有一棵树，嗯，小孩的手臂粗，不大，但能遮阴，以前我们都在那儿遮过阴。"

另一个人附和说："要是不砍那棵树，陈庆芬保准能不出事。"

但是马上就有人反对说："那棵树是能够遮个阴啥的，但是，那棵树长在那儿，太影响城市形象了，砍了难道不对吗？街上那么多树都砍了，难道偏偏那棵树就该留下？"

反对的是个年轻人，但眉头皱得很厉害，接着说："一座城市要有一座城市的形象，你们想想，以前我们这座城市是啥模样，现在是啥模样？是不是通透多了，有大城市的气派了？是不是让大家觉得扬眉吐气了？"

大家想想，觉得有道理。的确，现在这座城市，比起以前来，真的感觉街道宽多了，楼房高多了，心里也敞亮多了，在外打个工啥的，说起来，底气都足多了。

蹬人力三轮的胡三胖补充说："就是，前几天我拉一个外地客人，人家对我说，哟，想不到这么个偏僻小县城，还这么气派，不简单呢。"

有人笑说："胡三胖你别得意，县里说了，过了年就要取消人力三轮车，

浮生・拴在琴弦上的魂

看明年你上哪儿哭去。"

胡三胖不信,取消？凭啥取消？取消了人力三轮儿大家坐啥去？

那个年轻人说:"人力三轮儿影响城市形象你知道不知道？你看你们,蹬个三轮儿就好好蹬呗,还装个电瓶,跑得飞快,既不安全又不好看,不取消你们取消谁？"

胡三胖跳起来:"谁敢取消人力三轮,我就×他祖宗!"

那个神态严肃的中年人听他们胡扯,有些不高兴地说:"这事县上还在讨论,还没定下来,瞎传个啥？"

胡三胖立即就不吱声了。

陈庆芬直直地躺在地上,下面铺的是一张乡下人早年常用的草席,上面盖了一张旧床单,旧床单上的牡丹花已经快看不出来模样了。

事情是这样的:快到中午的时候,清洁工陈庆芬已经扫完了自己大部分责任区域——准确地说,只剩下前边不到五十米的地方。这时候,据气象数据,当时地面温度达到了五十摄氏度,陈庆芬自己带的保温瓶里的水已经喝干了,但只剩下不足五十米的街道了,陈庆芬希望再忍忍,把五十米扫完,然后就可以回家了。但是,陈庆芬最终没有扫完,人就倒下了。那时候,街面上空空荡荡没什么人,陈庆芬倒下了,没人注意到。直到后来终于有人发现了,打了120,但陈庆芬已经不行了。

这是一起典型的市民意外中暑致死事件,算意外,说不上什么责任事故。因为陈庆芬扫大街就是社区安排的一个公益岗位。

那个神情严肃的中年人转过身来,问刘老西:"你有啥要求没？"

卡在门框里的刘老西下意识地挣扎了一下,但的确是徒劳,而且汗水更密了,就不折腾了。刘老西认真想了想,说:"我记得那儿是有棵树的。"

中年人纠正刘老西说:"你的意思是不是说,那儿应该有棵树？"

刘老西说:"嗯,大概……就是这么个意思。"

中年人说:"回去以后我向县长反映一下,看那儿是不是栽一棵树。栽一棵树,造福市民嘛,大家说是不是?"

　　大家说是、是、是。

　　这时候,天上终于刮了一小阵风,风掀起旧床单的一角,露出陈庆芬脚上一双旧塑料拖鞋。

老两口

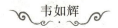

韦如辉

西关街是一个嘈杂且多事的地方。

一个自发的蔬菜批发市场,凌晨三四点钟就苏醒了。先有几声马达的响动,渐渐有了人与人的对话,接着人车混杂的声音,一直持续到太阳升到文庙广场的上空。到了晚饭后,提前准备第二天生意的忙碌人,又像陀螺一样地转起来。

好多人受不了:失眠、烦躁、健忘。尤其是家里有正在上学的孩子或者老人生病的,更是苦不堪言。有人不断向有关部门反映情况,答复说快了快了,等物流大市场建好,就让他们搬过去。物流大市场什么时候建好?谁也不知道,因为已经建三年了,还没有建好。

好多人选择搬出去。即使这里有房子,有祖产祖业,也狠狠心租出去。得了,将自己的生活让出去,还能咋着。

老两口就是在这个时候,从风景如画的城南新区过来,租了房子,住下的。

房东是个老西关,热心人。他多有不解,问老两口,二老真要在这里住下来?得到老两口的首肯后,说了一件刚刚在西关街发生的事儿。

事儿不小,轰动了整个城市。一个上高二的女学生,认为这里人多眼多,安全。同时,自以为定力好,不怕干扰,也在西关街租了房子。可是,前不久出事了,被一对歹徒劫财劫色。

老太太疑惑地瞅瞅房东,眼里仿佛在说,怎么？不想租拉倒。转身又瞅瞅老头儿,老头儿一脸镇静,伸出一只胳膊摆摆手,嘴里说:"没事没事。"

房东才舒一口气,收了房租走人,免得惹老两口不高兴。

老头儿每天起得很早,天不亮,手里拎个布兜儿,晃荡在菜市场。

老头儿一个个菜摊子看,看得很仔细。有时,会从口袋里掏出一只放大镜,往菜根菜叶上照来照去,仿佛公安搞刑侦似的,生怕漏掉丁点儿的蛛丝马迹。老头儿大多时候只买一种菜,芹菜。芹菜要小叶,细根,短茎,且水灵,绿色足。

批发菜的贩子,性子差,脾气坏,嗓门高。老头儿挑好一把两把,问一句:"今天多少钱一斤?"菜贩子回答:"一块五。"老头儿收了放大镜,嘴里咦了一声:"刚才不是七毛五吗?"菜贩子又说:"人家是批发,你是零售。"老头儿又咦了一声,这一声长了些,显然加些不满的成分在里面。菜摊子前面围着一圈子人,他们等着批发蔬菜哩。老头儿不说话,也不走,只气哼哼地站在菜摊子前。有人打圆场:"叫老人家拿走吧,算他的。"菜贩子不好再说什么,和气生财嘛,为了一两把芹菜较劲,没意思。他说:"好吧好吧,七毛五就七毛五吧。"

老头儿回家将生芹菜用细纱布裹起来,拧里面的菜汁。芹菜虽然水灵,汁水并不多。老头儿出了一身汗,喘气也粗了许多。芹菜是降血压的,中医书上说功效明显。老太太血压高,老头儿煮芹菜汁给她喝,一年四季,从不间断。

下午,阳光从街西头,照到街东头。这个时候,对西关街来说,是一天中的黄金时期。人相对少,车相对少。筒子似的不拐弯的街道,可以慢慢地散散步。

老头儿跟老太太出来,老两口并排走,很慢,像蜗牛一样。老太太脸色红润,精神头很好,不像有病缠身的样子。

说老太太有福，一点儿也不假。有老头儿无微不至地照顾着，能说没有福？老太太之前患有高血压，还有脑梗死。听说都坐轮椅了，愣是让老头儿给拽了下来。

老太太能走了，膘却没减，仍然肥头大脸的。

老头儿也有福，儿孙福。而老头儿没去享清福。

老头儿的儿子在上海定居，一家人的日子红红火火。儿子在外企，年薪四十万。媳妇在电视台做节目主持，长得天仙一样。小孙子更牛，在美国留学。

儿子曾经接老头儿过去，老头儿不习惯，三个月不到，又回来了。老头儿回来后，儿子一家子就没回来过，逢年过节也没回来过。

都是因为老太太。老头儿是儿子的亲爹，老太太却不是儿子的亲娘。

老太太脾气坏，动不动就生气。老太太生气的时候，撵老头儿滚，滚得越远越好。老头儿滚是滚了，但没滚远。一使劲儿滚到大街上，回来还拎一两把水灵灵的芹菜。老太太的怒气已经消了，脸色恢复了平常的红润。

有一天，下着小雨，刮着北风。老头儿照例起个大早，准备到菜市场买些芹菜。没料到一块石头躲在暗处，绊住了老头儿的脚。冷不防的东西很可怕，老头儿紧跑了几步，还是跌倒在巷口的水泥地上。这一跤，跌得不轻，老头儿被120救护车风风火火地拉进了医院。

老头儿没抢救过来，闭着的眼睛再也没睁开。

奇怪的是，老太太当天夜里也走了。她躺在出租屋里自己的床上，盖着被子，脸色依然红润。

儿子一家子回来料理老头儿的后事，场面很是热闹。老头儿的墓地，被安排在城南高档小区的旁边，小桥流水，风景如画。

过了大约一个星期，老太太才被社区的干部处理掉，安放在一个偏僻的地方。

老头儿若是去看老太太，得换乘三次车，再步行四公里。对于老头儿来说，是一件十分困难的事儿。

救命恩人

江 岸

　　正是下班高峰。侯一凡挺起胸膛,绷紧双腿,笔直地站在工厂门口。他目送着下班的人群潮水一般陆续拥出工厂大门,后来,只有零星的工人一个一个往外走的时候,他才稍微放松下来。

　　虽说只是一名工厂的保安,但是,侯一凡毕竟刚从武警部队退役半年,他站岗的姿势还是真正的军人风范。

　　他晃晃微微发酸的脖子,扭动了一下腰肢,准备回值班室的时候,突然想起,今天怎么没看见吕晓红大姐走出来呢?

　　侯一凡愣了一下,勾头往厂区方向看去,正在往外走的工人,包括厂区纵深处三三两两的人影,都不是吕晓红。

　　吕晓红平时上下班都很准时,今天怎么了? 侯一凡决定在门口再站一会儿,等等吕晓红。

　　侯一凡在这家肉联厂工作了半年时间,但是,他认识的工人并不多,多数人只是在上下班的时候进出工厂,在他值班的时候,才在他面前晃一下。一个从山区农村黄泥湾出来到城市打工的小保安,没有几个工人主动跟他搭讪,并告知他自己的名字。吕晓红这个名字也是他听别人喊的,可能听的次数稍微多了些,便牢牢记住了。

大概等了十分钟,吕晓红依然没有出来。侯一凡感觉有些不对劲,可到底哪里不对劲,他也想不明白。他只好给保卫科科长打电话。

"科长,你认识吕晓红吗?她是哪个车间的?"

"我不太清楚。怎么啦?"

"我没看见她下班出来,有些不放心。"

"下班的时候,工人一窝蜂地出来,你一个个都看清楚了?你点名了?你怎么知道她没有出来?"

"吕晓红和别人不一样,我知道的。"

"你别管闲事了,你又不是人事部的,考勤不归你管。看好你的门吧。"

科长没好气地挂了电话。科长说到人事部,提醒了侯一凡。他查了一下人事部的电话,把电话打了过去。

"请帮忙查一下,吕晓红是哪个车间的?"

"冷冻车间。"

还没有等侯一凡再说什么,人事部那个人已经火急火燎地挂了电话。他把电话打到冷冻车间,可是,没有人接电话。他只好硬着头皮把电话打到厂办公室。

"冷冻车间的吕晓红,到现在还没有出来。"

"怎么了?"

"我怀疑她会不会被关在冷库里了。"

"不会吧?"

厂办公室的那个人漫不经心地挂了电话。该打的电话都打了,侯一凡没辙了。他在值班室坐了两分钟,椅子上好像放着一盆火,烧得他坐不住。终于,他站了起来,咬咬牙,拨通了厂长的电话。

"厂长您好。我是保卫科小侯,向您报告一件事。"

"哦?说吧。"

"冷冻车间的吕晓红到现在还没有出来,我怀疑她被关进了冷库里。请您赶紧派人到冷库去看看吧。"

"有这样的事？我马上让冷冻车间的主任去看看。"

放下电话，侯一凡惴惴不安地站在值班室门口，眼睛盯着大街。大约二十分钟后，冷冻车间赵主任骑着摩托车，箭一般射过来。到了厂门口，他猛地刹车，停了下来。赵主任指着侯一凡的鼻子，喝道："是你打电话给厂长，说冷库里面有人？"

"是我。"侯一凡挺了挺身子。

"老子喝个酒都喝不安生。如果我去看了，冷库里没有人，出来我揭了你的皮……"说着，赵主任一加油门，摩托车嘶吼着冲进了大门。

后面的事情就不必细说了。

医院的救护车开进厂区的时候，泪水猛地涌出了侯一凡的眼眶，挂在了他的睫毛上。

吕晓红出院以后，买了一大兜水果，到厂门卫值班室感谢侯一凡。她紧紧地握住侯一凡的手说："大兄弟，如果不是你救了我，大姐就冻成死猪了。"

"大姐，其实不是我救了你，是你自己救了你自己。"

"为什么这样说？"

侯一凡说："每天你上班，总是问候一声你好；每天你下班，总是说一声再见。我那天没有听到你说再见，所以知道你没有出来。否则，全厂五六百名工人，我怎么可能单单记得你呢？"

浮生·拴在琴弦上的魂

坎

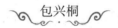

包兴桐

　　坎和墙可以算得上是兄弟。把石块像叠年糕一样垒起来，建成房子，那就是墙；垒出一块块平整点儿的田地，那就是坎。所以，在村里，梯田、山园，都是由一道一道坎垒出来的。

　　我们男孩子都喜欢爬坎。不管多高的坎，唰唰几下就上去了。秋后，梯田里的水没了，只剩下软巴巴的田泥和一丛丛的稻茬，山园里只剩下翻晒在园里的藕芋秆，我们就跳坎，把自己像扔一块泥巴一样从坎上扔到坎下。不管多高的坎，一道坎一道坎飞下去，比赛谁的胆子大，谁跳得快。大人们告诫我们："太高的坎不能跳，会把心脏跳掉的。心脏掉了，人当然也就死了。"可是，村里一些有经验的小伙子却告诉我们："没关系，不管多高的坎都可以跳。只是，着地的时候不要站着而是要蹲着，而且，千万不要站起来就跑，而是要先蹲一会儿再跑。"我们发现，这些经验的确管用。所以，不管多高的坎，我们都敢跳，都有人跳。女孩子好像也喜欢坎，只是，她们一般不爬坎也不跳坎，而是喜欢拔坎上的草，或者，靠着坎说悄悄话或等人。

　　村子在山腰，所以，从村子到山顶，用坎垒出一块块山园；从村子到山脚，用坎垒出一块块梯田。行敢是最会跳坎的。从山上回村里，或者从村里

到山外,他总是一道坎一道坎地往下跳,几乎都不走正路。和邻村的孩子比赛,也总是他赢。奇怪的是,他不仅跳坎第一,游泳、爬树、砍柴、拔草也总是第一。后来,他去乡里的中学读书,就再也不跳坎了,开始规规矩矩地从路上走。听大人们说,他的书念得很好,成绩总是第一。

后来有一次,他的弟弟行为在玩的时候头破了,流了很多血。他爸爸一边用手按住行为流血的伤口,一边叫他到山脚的一个亲戚家拿止血的药粉。他一听,撒腿就朝村口的大路跑去。可是,刚跑出一段路,他就折了回来,然后,一道坎一道坎地往下跳,好像一个气鼓鼓的皮球,向山脚弹去。大家等了好一会儿,也不见他拿着药粉回来。他弟弟头上的血倒是慢慢止住了。他爸爸就骂骂咧咧地到山脚的亲戚家去找他。后来,在离他亲戚家不远的一块田里,找到了脸色像白纸一样的他。他的脚不知哪里断了。

他再也没有去乡里读书了,而且,大家也越来越少看到他。听说,他的脚治不好了。只有在冬天或正月,在那些晴朗的日子,他会被家人用竹躺椅

搬到院子里。十几岁的他，像一个小老头儿，又白又瘦，身上裹着厚厚的衣服，还盖着被子，看不出他双脚的样子。听说，他的一只脚差不多全烂了，走近了，的确能闻到一丝很顽强的臭气。

"你是大亮？"

当我们围着他跑的时候，他看了一会儿，就开始问我们的名字。

"你是行甲？"

"你是行造？"

"对，他是大亮。""对，他是行甲。"我们一边大声应着，一边在他的身边跑来跑去，那些想靠近他的苍蝇只好远远地在一边盘旋。

时间一天一天过去，他已经很少走出他的房间。即使在冬天或正月阳光灿烂的日子里，我们也没怎么看到他了，更不要说围着他跑来跑去了。我们渐渐地把他那只发臭的脚给忘了，但还是不时会说起他。因为，他们家的那个瘦不啦唧的童养媳不知怎么越长越水灵。按我们这儿的规矩，童养媳一般都是留给大儿子的。行敢躺在床上，现在，这个水灵的童养媳不知是不是要留给他弟弟行为。

这，在那时候，常常会让我们想起躺在床上的行敢。

失语的秋天

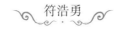
符浩勇

天才蒙蒙亮,老黄便起身打点行装。透过窗户,依稀可见小村高矮错落的瓦房升起袅袅的炊烟,疲惫的脸孔不由得掠过一缕悲哀,他感受到一阵迷茫、屈辱和压抑……

两个月前,他作为县农业合作银行的信贷员,被抽调到四英岭下小村蹲点扶贫。他的目光盯住了村后一片弃荒而又不可多得的红碱土地。以前,他看到一本科技杂志刊载红碱土地培植西洋香菇获高产的经验,他去函联系购买了少许菌种,意想谋求推广。

他不会忘记他发动大伙儿培植西洋香菇的那个夜晚。低矮的村部小屋,挤着村中的父老乡亲。

村主任姓李,干咳两声,说:"老黄是镇上营业所的,从科技兴农着眼,有心让大家脱贫致富,大家欢迎!"小屋里,响起了噼里啪啦的掌声。

他咧口一笑,从衣袋里掏出一把菌种,说:"这是西洋香菇菌种,一月余一个种植周期,希望大家都种上。五元一斤,不过现在不收钱,等收获后再从香菇款中扣……"

"那样金贵的西洋香菇,恐怕我们侍养不活。"有人顾虑说。

"种植技术,由我负责,种不活的不收钱。不过有个条件,香菇收获了,

一定卖给我,每公斤十元。"

"哟,每公斤十元!"屋里人嚷起来。

"老黄,真能那样,你算是为大伙儿办了件积德事!"

"只怕嘴说不算,等种出香菇,你不收,一拍屁股走了,怎么办?"

老黄手一挥,说:"大家不要担心,种了香菇,我哪有不收之理? 告诉大家,香菇收后还要经过加工、消毒……最后出口外销。为了慎重,我们还是签个合同吧。到时,我还怕你们不卖给我呢!"

"不卖给你卖给谁? 我们不懂得消毒,如何脱手?"村主任抢过话,笑开了怀,"你放心,有我在,香菇一定卖给你,不过履行手续,签合同也好!"

老黄从县农业合作银行贷款一万元,亲自跑了一趟省城,买回了八百斤菌种。他跑东家、走西舍、签合同、核亩数,指导播种、点粪、浇水、遮阳、开光……

过了一个月,红碱土地上长出了白花花的香菇,一张张喜悦的脸上弥漫着阳光。

收获季节到了,老黄估算了一下全村的香菇收成,又跑了趟县农业合作银行,贷款十万元用来收购香菇。

他刚回小村,就踏进村主任的家,说:"主任,你没白忙。你种香菇收成有四百公斤,可赚四千元呀。"

村主任却眨了眨眼说:"老黄,把这香菇每公斤十元卖给你,你转卖给别人每公斤多少元?"

"村主任,不瞒你说,我同别人签了合同,每公斤卖十二元!"

"十二元? 一公斤赚两元,全村有万余公斤,你就赚了两万多元,好轻松呀。"村主任打着哈哈说。

"没有这么多,你也知道,我收了香菇,还要同别人联营过滤、消毒,除去贷款本息、过滤成本、货运杂费……能有三两千元就不错了。"

"老黄,不是我为难你。我同大伙儿说了,香菇由我们自己联系自己卖,卖了后,菌种钱,我们给你。待到你蹲点走时,我们再好好聚一餐……"村主任盯着他像盯着一个陌路人。

"主任你怎么能这样? 我们签了合同的呀!"

"签了合同有屁用,你上告,也没有人理。"村主任嗓门提上来,没有半点儿商量的余地。

老黄知道拗不过他,自己跑东家,走西舍……

他没有想到,大伙儿支支吾吾,都是同样的回答。

转眼,香菇收获完了,村主任派人外出联系,销路一直没有着落。

等到有一天,村主任像个泄了气的皮球找上门来。老黄跑去一看,愣住了:原先白花花的西洋香菇变质、长霉、褪色了。他顿感一阵悲哀。

一万余公斤的西洋香菇报废了,菌种的钱自然也收不上。他赔去了一万元贷款本息不算,没有想到,竟有人埋怨他领着大伙儿蛮干了一番,毫无结果。

镇政府来人,找他谈话,语重心长地说,农民脱贫致富不能急于求成,更不能蛮干,一下子就想富起来……末了,调他到别的村庄去。

天渐渐地亮了。老黄拎起了行李,走出门去。

门外,站了一帮憨厚朴实的农民,呼地围了上来,嘘寒问暖,他们仿佛欠了什么重债,负疚、惭愧、不安……

他心头一热,大步流星,离开了小村……

数星星

韦 名

　　阿公爱干净。下地干完活儿回家，必先沐浴更衣，穿戴齐整，理梳须发，才上桌吃饭。再晚再累，也是如此。

　　阿嬷骂阿公这是怪癖、穷讲究。阿公只是憨憨一笑。

　　阿嬷说，三年大饥荒时，每家每餐分的粥几乎不见饭粒，个个饿得绿头青。就是在这么艰苦的日子里，阿公还穷讲究。

　　阿嬷说，有一天，她从大队食堂打回一家三口的晚饭——一盒清可照人的粥水。阿嬷把粥水分成了三份，因心疼阿公干活儿累，悄悄捞了几粒饭粒到阿公的大碗里。人大嘴阔的阿公把碗一端，碗就见了底。阿公发现碗底的几粒饭粒，赶紧拿起筷子扒给五岁的女儿和阿嬷。阿嬷不接，一粒饭粒掉到了地上。

　　饭粒掉地，这要是村里其他人，保证立马连尘带土捡起送回嘴里。阿公却不然，看着地下的饭粒愣了半天，直到看到阿嬷准备蹲下，才赶紧抢着捡起饭粒。

　　阿公捏着饭粒，不是马上送进嘴里，而是小心翼翼地放到嘴边，轻轻地吹了又吹，确信饭粒没了灰尘，才送到阿嬷嘴里。

　　"都是穷讲究！"阿嬷说时一脸幸福。

　　阿嬷是幸福的。阿嬷的幸福不只是阿公一辈子没对她大声呵斥过,一辈子对阿嬷呵着护着爱着疼着。阿嬷的幸福更重要的是阿公让她在村里赢得了所有人的敬重。

　　话说阿嬷是独女,阿嬷三岁时阿父去世。阿嬷和阿母孤儿寡母,相依为命,受尽欺侮,一肚苦水。

　　阿嬷的叔伯早盼着阿嬷嫁出去——阿嬷一嫁,这一房便从此断了根儿,祖产祖屋可归叔伯家。叔伯婶母尽催阿嬷早早嫁人,而且嫁得越远越好。阿嬷担心自己一嫁,可怜的阿母更受欺凌,因此任叔伯怎么催促,阿嬷迟迟不肯嫁人。

　　"妮,走吧!迟早都要走!"阿母担心女儿成了大姑娘,嫁不出去,也劝阿嬷。

　　"多陪阿母一天是一天!"阿嬷说,"大不了不嫁!"

　　阿母拥着阿嬷哭泣:"阿母会照顾好自己的!"

　　"阿母!"阿嬷抱着阿母哭泣。

　　秋日的橘子好价钱,箩底的橙子无人寻。这一来二去,阿嬷真变成了大姑娘,少有人问津了。

　　"阿母命苦,阿女的命咋也这般苦呢?"再抱着一起哭泣,阿母便哀怨。

　　"阿母莫哭,自古姻缘一线牵,五百年前月下老人早牵好线了!"阿嬷安慰阿母,从此不再哭泣。

　　不再哭泣的阿嬷和村里男人一起下去干活儿,犁地、耙地、插秧、割稻、施肥、打药、除草、排水,样样干。

　　阿嬷是在二十八岁这一年,在地里干活儿时遇到来村里走亲戚、高高大大的阿公的。

　　阿公是邻村人,大阿嬷整一轮十二岁。阿公兄弟多,生活苦,个赶个,赶来赶去,就被落下了,四十岁还未成婚。

　　阿嬷看中了阿公的高高大大和兄弟众多。

"兄弟太多,生活凄苦。"阿母担心阿嬷嫁后生活苦。

"竹笋多,易成林,不受欺。"阿嬷自有想法。

阿嬷的想法是对的,阿公家生活苦是苦,却是兄弟多,势力大,无人敢欺。

阿嬷嫁后,阿母却更受欺负。阿嬷每次回家看阿母,走时都是一把鼻涕一把泪。

一年,两年,三年,年年次次如是。

那次,阿嬷只身回来照顾摔断腿在家卧床的阿母,却是人在曹营心在汉——阿嬷出门时,不满周岁的女儿正发着烧。

三天后,阿公带着退了烧的女儿过来,和阿嬷一起照顾阿母。

月光下,窗外星退云隐,虫鸣蛙叫。拥着阿公和女儿,躺在做姑娘时睡的床上,幸福的阿嬷心头却不时涌起忧伤:"阿母老了,怎么办?"

一想到阿母会老,阿嬷的心就揪紧了,就紧盯窗外数星星,像小时候一样,和阿母一夜一夜地数。

阿公带着女儿回家了,阿嬷一个人睡在床上,还在数星星,整夜整夜地数。

星星永远数不完。

"妮,别数星星了,睡吧!"夜深了,隔壁屋的阿母知道阿嬷还在数星星,轻轻敲着墙喊。

"阿母,我还想和你一起数星星呢!"阿嬷知道阿母也还没睡着,也在数星星。

"你自己数吧!阿母不数!"阿母说得十分决绝。

…………

数不完的星星把阿嬷的心里话捎给了独自带着女儿、夜晚同样在数星星的阿公。

最后还是阿公捅破了那层窗户纸:"你定吧,我和女儿随你去!"

那一刻,阿嬷眼含泪花。

阿公说到做到,带着阿嬷一起跪在了父母面前,郑重地磕了三个响头:"阿父阿母,我们下去过活!"

尽管阿公的阿父阿母千万般不同意,但阿公阿嬷去意已决,只好放虎归山——阿公的阿母说,这一去就没了一脉!

阿公成了村里唯一姓黄的男人——村里除了嫁进来的人外,清一色姓林。

"娘,我和阿蝉回来陪您晚上一起数星星!"穿着齐整、须发干净的阿公端稀粥给卧床的阿母。

阿母老泪纵横。

阿公却从此很难有机会再数星星。

"忙里忙外,又穷讲究,每晚头落枕就呼噜不断,哪有空数星星!"说起阿公后半辈子爽约,没再陪阿嬷和阿母数星星,阿嬷说得恨恨的却又幸福满满。

阿嬷说,阿公最后一次数星星是阿母走的当天晚上。那天晚上,星星满天,爱干净的阿公把自己收拾得干干净净,和阿嬷陪阿母数了一个晚上。

星星好多好多,永远也数不完。

阿嬷说,她和阿公辛苦了一辈子,最大的成就就是生下我爸,还有建了两间房子。建房子时,从做泥砖到下地基,从起墙到上梁,阿公无不亲力亲为。每天干活儿时,泥一身水一身,但只要回到家,阿公必先沐浴更衣,穿戴齐整,理梳须发,干干净净了才上桌吃饭。

房子建起来了,阿公把自己的床——和阿嬷分开睡后把一块旧门板当床——直接扛到新房子,重新搭起,开始在新房子守夜。

"那时日,他应该可以天天数星星了!"阿嬷嫉妒地说。

阿公一个人在新房子睡了几年,忽然有一天,自己把门板扛回来,又自己清理老屋侧面一间堆柴草的小屋,又重新搭了个床。

浮生·拴在琴弦上的魂

"好好的新房子不住,折腾什么?"阿嬷不解,质问阿公。

"人要干净,新房子也要干净!"阿公说得云淡风轻,"新房还没入伙,要干干净净地留给儿孙。我老了,还是回来住吧!"

阿嬷瞬间明白了阿公的用意,泪流满面。

阿公搬回小屋住了十二天,无疾而终,和他平时一样,干干净净地走了。

更干净的是,阿公走前,交给阿嬷一本账本,那是阿公建房时就开始用的:欠东家十块钱,已还八块;借阿叔三块砖,已还;借大伯杉木一根,折算六元,未还……

"你阿公说,账如尘,要一点儿一点儿还清,人才干净!"阿嬷说。

阿嬷陪着干干净净的阿公,独自一个人数了一个晚上的星星。

世界末日前夕

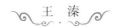
王 溱

风起,风停,叶子来不及起舞,花儿就凋落了。

门开,门关,邻家的喜字还没干透,孩子就呱呱坠地了。

跑得真急呀!她深深地吸一口新鲜的空气,继续侍弄院子里的花草。

咔嚓,她剪去桃花歪扭的枝蔓。桃花呀,即便你只灿烂一季,也不能不修边幅不是?

咕噜,她给水仙灌上满满的清水。水仙呀,春天只剩下尾巴,再不开花你就永远装蒜吧。

喵!一只猫从花盆后窜了出来,打翻了一盆正酝酿花蕾的山茶花。她生气地捡起一块小石子扔过去,猫已不见踪影。

"算你跑得快。"她说。静了一会儿,她又喃喃道:"跑得快又怎样呢?跑得过时间吗?世界末日就要来了。这么漂亮的院子,这么美好的一切,都不复存在了。"

她早已没了刚得知这个消息时的惊慌与悲伤,安静得跟这个院子一样。独处时,她经常幻想世界末日来临那一天,会是怎样的情形。

或许她正与他坐在摇椅上,看小狗龇牙咧嘴、气喘吁吁地追着自己的尾巴转圈。一圈,两圈,三圈……好像没有尽头,又一下到了尽头。

或许她正与他并排躺在院子中央,被她亲手种的花环绕着,银色的月光披在他们脸上,他久久地凝视着她的脸,就像读书时那样。一刹那,那画面就成了永恒。

总之不管怎么想象,都离不开他,离不开这个院子。尽管她和他住进这个院子,还不到两个月。

三个月前的某一天,晴,没有风,他进门时脸上却挂着风暴。她一看就明白了,他准是从哪里知道世界末日的事情了。

"还有多久?"他问。

"也就三个月吧。"她说。

他不语,任凭脸上的风暴变成雷雨交加。

"我想辞了工作。"他说。

"辞了吧。"她温顺地附和。

"我们把房子卖了吧。"他说。

"卖了吧。"她温顺地附和。

"我们买个院子吧,就是我们一直憧憬的那样。"他说。

"买吧。"她还是温顺地附和。

他们结婚时就约定好了,先努力挣钱,在城市里买房,生孩子,给孩子最好的教育。等将来老了,就找一个山青水秀的地方,盖一座小房子,在院子里种满各种各样的花,弄一块菜地,再养几只狗、几只鸡,过上世外桃源般的惬意生活。为了这个约定,他们没日没夜地忙,省吃俭用地过。

见他天天要到处去拉业务,她对他说,买辆车吧,挤公交太辛苦了。他摇摇头,养车多费钱呀,还得缴保险,还得租车位,还是把钱留着,将来可以买大一点儿的院子。

见她拖着疲惫的身躯晚归,他对她说,不做饭了,我们出去吃吧。她不肯,又不是什么节日,干吗出去吃呀? 把钱省下来,给咱将来的院子多添几盆你最爱的茶花。

然而省下的钱,并没有变成院子的面积,也没有变成名贵的花,它们都被送进了银行,变成一纸债单——他们如愿当上房奴了。

这样,他们的第一步目标就算完成了,可是第二步却迟迟完成不了。说不准是谁的原因,也许是他缺乏锻炼造成的,也许是她太过劳累的缘故,总之就是怀不上孩子。

现在看来,这倒是件好事,世界末日到来时也少个牵挂。他们把约定提前了,短短的三个月,他们把三十年后要做的事,做了个遍,在小院子里等待世界末日的来临。

然而她的世界末日最终却没有来。医生说,她的癌细胞居然没再扩散,真是奇迹。

他的世界末日也没有来。她没事,他也就用不上偷偷藏着的那瓶安眠药了。

他们开了香槟庆祝,她与他并排躺在院子中央,被她亲手种的花环绕着,银色的月光披在他们脸上,他久久凝视着她的脸,就像读书时那样。

"我们又得重新开始奋斗了。"他说。

"嗯,重新开始吧。"她温顺地附和。

桃花正妖娆,水仙花也不装蒜了,没有花盆护着的山茶花顽强地爆了蕾……院子正是最美的时候。可是他们看不见。从医院检查回来的第二天,他们就迫不及待地收拾行李回城里了,他们唯一带走的是那条小狗,直到现在它还是会傻傻地追自己的尾巴。

杀 狗

伍中正

米亚养了一条狗。

狗是黑狗,体形不大,却很讨米亚喜欢。

那一段时间,米亚有一半的心思用在了养狗上,有一半的心思用在了跟男人离婚上。

米亚很清楚,在村庄养狗,主要是看家。

米亚给黑狗起名小黑。

靠近屋东头,米亚还用木板和砖头给小黑搭了一个简单的窝。狗窝透气,但不漏雨,地上还铺了一层松软的稻草。

小黑很听话,无论是躺在禾场上还是住在窝里,它对屋前屋后的一点点响动,对每一个来人都汪汪地吠上几声。

小黑的几声叫,对米亚就是一个提醒。米亚也就变得警觉起来。因此,家里从来没有丢过啥东西,小黑这种听话的程度让米亚很满足。有时候,米亚想自己的男人有小黑听话就好了。

很多时候,米亚感谢小黑。

男人不安分,经常跑到镇上去,在镇上的茶馆喝茶打牌悠闲地打发时光。男人经常把头发梳得油光水亮后去镇上。每次去镇上,他对站在身后的米亚像没看见一样，甚至是头也不回地走出去。这种举动，让米亚感到很气愤又无可奈何。

茶馆老板是个女的。男人跟那个女的眉来眼去的，还打情骂俏。米亚知道的这些信息，都是从那些坐过茶馆的人嘴里传出来的。

起初，米亚不相信这是真的。

后来米亚相信这是真的。

米亚堵住头发梳得油光水亮正要出门的男人，说："你还不如家里的小黑。"

米亚说这话的时候，小黑就躺在米亚的右腿边，昂起头，眼睛疑惑地看着男人。

男人没有对米亚发火，却记恨小黑了。

被堵的男人困在了屋里。男人用手反复地摸着自己的头发，没有想到平时柔弱的米亚会发这么大的火。他的耳朵里是米亚的声音："少去镇上，跟那个女的断了。"

米亚的声音很响亮，男人像听见了，又像没听见。

男人特别想除掉米亚喂养的小黑。

米亚不在。男人索性用一根木棍拼了命地追打小黑。小黑让男人追得急了，汪汪地叫几声，往外跑了。

米亚回来，对男人一个劲地吼："往后，再不能有打小黑的念头！"

男人看看跟米亚回来的小黑，没有多说。

小黑成了男人眼中的钉子。男人发誓要除了小黑，让小黑永远地在自己的眼前消失，也在米亚眼前消失。男人认为，除掉了小黑，就像拔掉了眼中的钉子。

男人这样的想法，细心的米亚一点儿也不知。

男人还是像往常一样地去了镇上。

男人问了一个专门杀狗的师傅，那师傅叫木子。杀了很多年狗的木子

心里装着一套一套的杀狗法子。

男人问:"怎么杀掉狗?"

木子说:"用一根绳索扎一活结,朝狗的颈项一套,然后把绳索用力一拉,再把狗拉到树上吊起来。"木子示范给男人看。

木子接着说:"要么,用毒性极强的药来灭杀,只要把药掺进饭团或肉团里,待狗吃过,必死无疑。"

木子还说:"再就是把狗套进麻袋,用乱棒打死。"

男人很细心地听木子说,又细心地看着木子示范。

男人决定,选择用绳索吊死小黑。

男人从镇上回来,像变了一个样。

男人吃饭前,先把给小黑吃的饭倒在饭钵里。小黑看看男人给的饭,迟迟不吃。

米亚看在眼里,拿了一只碗,走过去,把狗饭倒在碗里后再倒进饭钵,小黑就一口连一口地吃了。

米亚对男人说,小黑都不和你亲近。

男人低着头,没有说话。

米亚很高兴。小黑跟村庄的另外一条健壮的狗好上了。

米亚高兴地看到小黑跟那条健壮的狗在了一起。

渐渐,小黑的肚子大了起来。

渐渐,小黑对食物的需求大了起来。

小黑对男人放松了警惕。特别是对男人走近身边时,它没有生出反感和敌意。

男人对小黑下手是那天中午。

那天中午高悬的太阳很明亮,很耀眼,也很温暖。

小黑放心地吃着男人给它的食物。

男人手里拿着一根尼龙绳。男人在尼龙绳的一头扎了一个套子,那个

套子就像一个血盆大口。男人很轻松自如地把套子套在了小黑的颈项上。

小黑还没明白过来,就被男人迅速地拉到了门前的树杈上。

小黑被吊了起来。

小黑在挣扎中咽了气。远远地看,小黑像一件黑色的衣服挂在树上。

中午。男人的脸上渐渐地咧开笑来。

米亚回来,对男人吼:"疯了疯了,它的肚里还怀着孩子!"

米亚很快把断气的小黑放下来,放在树荫下。

树荫下,米亚对男人冷笑了一声。

那天中午,对米亚跟男人来说,是一个最糟糕的中午。那个中午,米亚坚定了跟男人离婚的决心。

"离婚。"米亚说了一直想说的一个词。

利 刃

吕啸天

　　梅城千鹤山万忍寺的一间禅房里藏着一把用精钢打制的小刀,刀长只有半尺却锋利无比。与许多藏在冷兵器库的利刃不同的是,这把小刀尘封了整整三十年。

　　8月9日这一天,住持心源大师把弟子了常找来,对他说:"你是不是还一直在想复仇之事?"

　　了常本来有一个幸福的家庭。父亲湛可名在梅城城北经营着一家酒楼一家旅店,收入丰厚,幼年的了常过着衣食无忧的幸福生活。八岁那年的冬夜,一伙蒙面人闯进了旅店里,把湛可名杀死,把店里的百两银子抢走。此事在梅城闹腾了许久,官府调动了大批捕快,调查了许久,才知道作案者是盘踞在千鹤山大望峰的山匪所为。匪徒名叫雷拯彪,原是一名铁匠,因吃了官司便上山落草,专事下山打劫大户人家,但是从不杀人,有时也干些劫富济贫之事。这一次下山打劫遭到湛可名的极力反抗,情急之下才动手杀人。官府调集的捕快忙活了一年多也没有办法把雷拯彪缉拿归案。不久新的命案又发生了,官府无力再追查此事,此案就成了一宗悬案。雷拯彪也从此在江湖消失得无踪无影。

　　心源大师担心了常再遭不测,亲自下山把他带回寺中,让他出家潜心修禅。"忍让乃佛门中人修习的要义,只有放下仇恨,才能自在。"心源大师每有闲暇就给了常讲解忍与让的修为。一年年过去,转眼过了十八年,了常内心患得患失,心源大师让他忘记仇恨活得自在的教诲使他暂时忘记了父亲的仇恨。但是每年一到父亲的忌日,他的内心就又翻江倒海:只有杀了雷拯彪才能告慰父亲的在天之灵。但是没有师命不敢贸然下山,只好作罢。今见到师父问起复仇之事,了常一下子跪在心源大师面前:"请师父成全此事。"

心源大师把小刀从箱底取了出来,端详了许久交到了常的手中说道:"为师得到消息,你的杀父仇人雷拯彪现在就藏在千鹤山北峰的千鹤洞里,他身边已没有亲友故交,可谓是形单影只。这把利刃是为师三十年前花重金请铸剑名家打制的,锋利无比,你拿去当可报大仇。"

了常接过小刀藏在衣袖里,朝师父拜了三拜,迫不及待地朝千鹤山北峰赶去。了常的师兄了却非常担心地问心源大师:"师父,您不是一直在劝师弟放下复仇念头吗?现在您把利刃交到他手上,他会不会把雷拯彪的头砍下来?"

"箱中藏利刃,日久无妨。心中藏利刃,日久必伤。"心源大师长叹一声道,"是非恩怨终有了结之时,是福是祸早有定数,只有造化才能筑莲池。"

了常藏着利刃一路飞奔而去,他设想了种种可能:一刀下去刺中雷拯彪的心脏,令他即时毙命。第二种可能是,雷拯彪早有防备,了常与他进行了殊死的搏斗,最终两人都倒在了血泊中。第三种可能是经过殊死的搏斗,了常把雷拯彪杀死,割了他的头到父亲的坟前祭拜,官府闻讯调集捕快前来缉拿他,他从此就得亡命天涯了。

但令了常完全没有想到的是,当他在千鹤山北峰千鹤洞找到雷拯彪时,病得奄奄一息的他躺在一堆干枯的树叶下,才五十多岁的人已满头的白发。见到了常,雷拯彪想挣扎起身却已力不从心。

"从动手杀了你父亲的那一天起,我就等着这一天的到来。"雷拯彪用忏

悔的语气对了常说,"这十八年来,我为了躲避官兵的追捕四处逃亡,最后藏身在这个山洞中。虽然躲过了官兵的追捕,但过着衣不裹身食不果腹的日子。百病缠身生不如死。更可悲的是躲不过心债。是我托人带了口信告诉你师父让你前来。你动手吧,期望从此你我两家恩怨一笔勾销。我也可以轻松上路。"

了常把小刀从衣袖里取了出来,扬了扬手,但是面对着这个年过半百满头白发的病人,却始终下不了手。利刃从手中滑落掉在石头上,发出了清脆的声音。

"好刀。"雷拯彪闭着的眼睛突然睁开,对了常说,"这一定是铸剑名家张九天打制的,这把刀藏着一个秘密。"

雷拯彪告诉了常,他的父亲湛可名年轻的时候也在江湖上行走,一天夜里在山道上打劫失手杀死了一位年过六旬的老人。于是老人的儿子找到了铸剑名家张九天,花重金打制了这把精钢小刀,准备复仇。老人的儿子遇到了一位云游的高僧。高僧对老人的儿子说:"上天眷顾天下苍生,作孽之人自消福业。施主若能放下手中的利刃,就能除去心中的仇恨造就一分福田。"老人的儿子闻言开悟,于是随高僧出家。

了常闻言大惊失色地问道:"那这把利刃为何会在我师父的手上?"

雷拯彪道:"那老人的儿子就是你的师父心源大师。"说完,眼里涌出了两滴浊泪。

了常放声痛哭。

了常不但放下了利刃,还留在雷拯彪身边服侍多日,直到他故去,将他埋葬在一棵树下,并为他做了一场法事,超度他的亡灵。

尤 绕

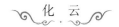

化 云

崇州城有个梨香苑,梨香苑的姐儿分住在东西两院。

西院的姐儿有的擅丹青书法,有的擅歌舞管弦,有的会吟诗作赋,个个色艺双绝。这西院的姐儿卖艺不卖身,陪的也多是风流雅士,文人墨客。若真碰上情意相投的客人愿意出足够多的银子,陪了夜,便被高价包养。有朝一日恩客厌倦或是花尽银钱,这姐儿也就失了仙气儿,被人冷落,只能安置到东院。

东院里的姐儿也个个貌美如花,只是要么空有皮囊,要么是在西院里伤了肝肠死了心气又寻不成短见的。每日陪着粗鄙的寻花问柳的客人,陪酒陪夜,不需多久就会染了各种的病患。喊了小木先生来治,也多是吃些药丸减少些痛苦,不等断气就被抬了出去。

尤绕端茶,被妈妈一眼晃见。丫头啊,这腰节儿也拔得出挑了,就是这脸子冷了些,倒也俊俏,明儿换了衣裳在东院见见客人吧。

尤绕扑通一声跪在地上,妈妈且让我再伺候姐姐们两年吧。听不到回应,抬头看一眼妈妈的冷脸,知道多说无益。唉!一声叹息,一张嘴,一句京剧原板字正腔圆:"苏堤上杨柳丝把船儿轻挽,颤风中桃李花似怯春寒。"

妈妈眉开眼笑,丫头早说有这样的本事,何必端茶送水当粗使?知道你

是戏班子散了典不起身，被师傅送进来的，不想你倒学成了，去西院让恩客们指点你点儿本事吧。

尤绕住进了西院，西院好像刮进一股清凉的风。尤绕淡扫蛾眉，高挽云鬓，穿白着素，大方端庄，嗓音干净，又不肯苟且一笑，在风流场上的姐儿们中间显得别样的骨骼清奇。

有人大把的银子抛上来，尤绕凭着大青衣的风范在西院站住了脚。

李公子花光了银钱张公子来，张公子换了口味儿王公子到。尤绕生得脸子清冷，是个冷美人，没有大红大紫，也没有招人冷落，每天唱上一两段，银子时多时少，妈妈不太满意也无话可说。

尤绕唱："好一似洛阳道巧遇潘安。"一抬眼，背着药箱的小木先生靠着门廊听得入神。看见尤绕望他，转身进了东院，是哪个姐儿又病了吧。

尤绕唱："喜相庆病相扶寂寞相陪。"一抬眼，背着药箱的小木先生靠着门廊听得心驰神往。看见尤绕看他，转身去了东院，那个姐儿还没有好吗？

尤绕染了风寒，嗓子哑了。

小木先生背着药箱来了。

几个药丸吃下去，尤绕的嗓子好了。一张嘴，嗓音比以往更加清亮。尤绕唱："这颗心千百载微波不泛，却为何今日里陡起狂澜。"一抬眼，小木先生靠着门廊若有所思。

尤绕的嘴歪了，可能是中了风。小木先生来，说药丸儿不管用了，要针灸。尤绕说害怕呢。小木先生说难道比嘴歪还可怕？尤绕不吭声了。小木先生的银针扎满了尤绕的脑袋。

嘴慢慢不歪了。嗓子又哑了。

妈妈说这是怎么个话呢？嗓子哑了治不好就去东院吧！

尤绕跪在地上痛哭不止。小木先生也着急，妈妈再等等我再想想办法。

嗓子好了。嘴又歪了，眼睛也斜。妈妈说这可好，东院也去不了了，还赔了我那许多医药钱，是倒便桶的料儿。

小木先生心情不好，东院里才抬出去了个姐儿。看着尤绕的歪嘴，小木先生问，还医吗？

尤绕咬咬牙说不医了。小木先生就背着药箱走了。

尤绕脱了绸缎衣衫脱了钗环首饰，换了粗布短衣，住到了粗使下人房里，每天清早要倒便盆刷便桶。

小木先生没了踪影。姐儿们说小木先生是医坏了尤绕良心不安，不好意思来了。姐儿们说是呢，也没见小木先生医好过谁。

姐儿们病了，都会说唉不如死了呢，可又没有敢自尽的，只能病着，抬出去也就彻底解脱了。

梨香苑换了个柳郎中。这柳郎中整天没有好脸色，却让好几个姐儿病情好转，不痊愈也能拖着身子给妈妈挣银子。

妈妈说这柳郎中啊医术就是比小木先生高明。

转眼尤绕倒了几个月的便桶。

竟有个赶大车的汉子来，说中年丧妻，娶不到好的，不怕丑，能干家务活儿就好。妈妈捂着鼻子，看着嘴歪眼斜的尤绕，收了几两银子，走吧走吧，省得给我添堵。唉！折了本儿了！

尤绕上了汉子的马车。颠颠簸簸，出了崇州城。

到了，下车！

尤绕撩开帘子，竟是一个干净的院落，小木先生素冠绢服，站在那里微微笑着。

尤绕的头上又扎满银针。

半个月过去了，尤绕婷婷袅袅，长裙短袖对镜子一照——眉清目朗，秀气非常。

尤绕高兴地开口唱："换衣衫依旧是旧时模样。"那声音清清亮亮。一抬眼，小木先生站在门边眉开眼笑。

浮生·拴在琴弦上的魂

春 分

聂兰锋

一个阳光灿烂的下午,春分的弟媳腆着肚子对春分说:"姐姐,我有了。"弟媳的声音很轻很弱,春分还是感觉到了压力。

那个阳光灿烂的下午过得可真慢,春分将楼下的储藏室收拾干净,把自己的全部家当一样一样搬到储藏室,又一样一样摆放停当,春分觉得时光过去了半辈子,可看看太阳还死乞白赖地挂在那儿。翻出旧物,是一团粉色绒线,中学时代的,另一头连着织了半截的手套,四根短粗的竹针还浸润着汗腻,看样子是织着织着,手出了汗,洗手去了;可就洗个手的工夫,人就三十八了。

三十八,在官驿巷,街坊们都懒得给提亲了。春分挑得很,每个鸡蛋里都生了骨头。提亲的也撂下狠话:"挑吧,早晚挑个没骨头的六十老头儿。"

一年了吧,也许两年,连六十老头儿也没提的。

春分挡着弟的道儿,弟处了六年对象还没结婚,弟说等姐结了他再结。尽管春分也甩下话:你结你的,别管我。可弟还是等着。六年、八年也等着。

当姐的懂弟的心思,弟惦记姐的那间屋。

不怨弟惦记。两居室,四口之家,小时候还行,姐弟同屋,青春期以后,弟就住客厅了。弟住了客厅爸就埋怨妈长了个拙肚子,生不出同一品种的。

妈就垂泪叹气。

就是那个阳光灿烂的下午,春分往储藏室推电动车的时候,陈佩贤出现了。储藏室有两级台阶,推上沉重的电动车春分都要铆足两把劲儿。第二把的时候,车子忽然就轻盈起来,春分回头,就瞅见了陈佩贤,正一只手掀着车后座助春分一臂之力呢。那时候春分不知道他叫陈佩贤,更不知他一年前失去了妻女。这些都是后来陈佩贤告诉她的。

电动车推进来,春分说进来坐吧,这是我家。陈佩贤好奇地一步迈进来,果然,一应俱有,一面墙全是布兜,花花绿绿插满了生活日用,屋里一床一桌一椅一马扎。

"呵,"陈佩贤说,"蜗居啊,在上海这能住三代,你算是单身贵族啦,不过,一人怎叫家呀。"

"总不能看着弟媳在娘家生孩子。"春分很不搭地回了陈佩贤的话。

缘分是最守信的东西,它若在百里之遥等着你,绝不会在九十九里半给你任何暗示,之前的每一分,任你使出多少狠劲儿都是空。

春分的储藏室刚好就是这个"百里地",春分打心底感激弟媳,感激那个阳光灿烂的下午,感激那死乞白赖的太阳。

最使春分感激的是陈佩贤的年龄,他居然和自己同岁。一想到这,春分就暗喜,简直都同情那些提亲的了。

好比筛沙,有用的漏掉了,剩下些小石头,小石头里恰巧有一颗好看一点儿的表面光洁的,就成了宝,这样的宝被春分牢牢地攥在手里。

除了年龄这个宝,还有一宝是陈佩贤的三居室,三间朝阳南北通透。老东关街的房子,旧是旧了点儿,但是近年才装修了,精装修。官驿巷的街坊们都替陈佩贤的原配妻可惜,没福人给有福人置下了。

结婚时,春分只提一个条件,把床换了。

陈佩贤没答应,陈佩贤说逝者是意外,又不是传染病。家中所有,保持原样。权衡利弊,春分妥协。春分想现在是千年老姑娘要嫁人了,嫁得还不

浮生·拴在琴弦上的魂

错，谁去管床的事。春分几乎是哼着小曲儿嫁给陈佩贤的。

至于陈佩贤，那是经历过大悲痛的人，即使再娶的人是极品，也难哼出小曲儿。

婚后该添个孩子吧。陈佩贤是按部就班的，春分就不一样了，她要在属于自己的天地里自由奔放几年，过一下她理想的生活，二人世界过够了再要孩子。毕竟春分理想的实现让她等了太多年，现在她要施展一下。春分很自然地认了这个家，对一切物品包括床甚至铺盖，她都越来越喜欢。

日子按着春分的理想行进着：早散步，晚遛弯儿，吃饭相互夹菜；进门拥抱，出门吻别；看书喝茶下跳棋；睡觉也十指相扣……春分甚至要辞掉工作当全职太太。

陈佩贤依然没答应。春分就在自己编织的祥云上飘着。

生活也有生活的道儿，春分飘了没几年，生活按照自己的道儿给陈佩贤下了一纸判决书——胰腺癌晚期。春分与陈佩贤在医院度过数月，尽管春分精心照顾，病魔也没因此手软。临终前陈佩贤对春分说房子留给你住，好好打理，好好活着。春分又感动又哀伤，哭得死了过去，又被掐活过来。

活过来的春分一个人守着三居室,寂淡地过着。房内物品,依然原样。过了几年,老东关要变新东关,春分和在东关街住了几辈子的人都要搬走。在拆迁的洪流里,即使你是一颗钢钉,又能如何。于是在坚持了无数个回合后,终于顶不住挖掘机轰轰的震耳欲聋声。

春分签订拆迁协议的那天,来了一个青年。青年说他是陈佩贤的堂侄,他有一份陈佩贤的遗嘱,三居室的产权归他,协议应该由他来签。春分看看立遗嘱的时间正是陈佩贤住院的日子。不可能啊那些日子我一刻也不曾离开他……

经过鉴定,的确是陈佩贤的笔迹。

春分踩着的祥云落了地。

也是一个阳光灿烂的下午,春分回到官驿巷。弟媳告诉她,这儿也快拆了,短期住可以。春分说不住,回来就是看看。

储藏室,台阶,很久以前的下午,电动车,阳光……

阳光把春分的影子拖得很瘦很长。

浮生·拴在琴弦上的魂

金蝉的密码

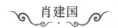

肖建国

是的,他叫金蝉。

不是落在树上尖叫的知了,而是一个瘸了腿的看门人。

来单位不久,我就和他相熟了。除了进进出出要打招呼外,我俩还是"同道"中人。我搞文案工作,时间一久,颈椎、腰椎、肩周炎便缠上身来。医生嘱咐我要多活动,多锻炼。于是,我就同金蝉有了更多的接触。

每天清晨,金蝉把门口收拾妥当,就沿着院墙外的一条小道开始跑步。他腿瘸,跑起来一跳一跳的,很是滑稽。刚看时,我忍不住想笑;见多了,便心生佩服。这条道上,最常见的就是我俩的身影。

我们的交流自然多起来了。

我问他:"多大年纪?"

他搔搔花白的头发,说:"快七十了。"

我夸他:"看起来很年轻。"

他呵呵地笑道:"我要活一百一十二岁。"

这有整有零的话,听得我有些蒙。这瘸老头,有意思。

有天清晨,我刚跑出门来,就下起大雨。我赶紧转身,收兵回营。他呢,却不,继续向前跳跳地跑。我犹豫了会儿,迈开步子撵上他。

我说:"这样锻炼会伤害身体的。"

他抹了抹脸上的雨水,说:"我知道,我到前面亭子里去唱歌,效果不比跑步差。每次遇到下雨,我都这样。"

我问:"你不能歇一天吗?"

他摇摇头,说:"不能,生命不息,锻炼不止。"

到了小树林的亭子里,他放开喉咙,大声歌唱。他唱的是许冠杰的粤语歌:"人皆寻梦/梦里不分西东/片刻春风得意/未知景物朦胧……"

说实话,他唱得跑腔跑调,很不好听。可他很认真,很专注,我听着听着,竟听进心里了。待雨停,回到他住的门房,他让我进去擦把脸。屋不大,却很干净。茶几上放了一盆黄金桂,绿叶白花,散发阵阵芳香。在西面的墙上,我看到很多奇怪的符号和数字:β§06≈石水θ823……还有一些动物的头像和植物的花叶,密密麻麻画了半个墙壁。压底是一句英文:"Who laughs last laughs best"。这句我识得,笑到最后才是赢家。

我指着墙壁问:"这是什么?"

他面色一冷,说:"金蝉密码。"好像怕我再问,他很客气地把我请出了门房。

他越是这样神秘,越激起了我对他这面"密码墙"的好奇心。

到单位久了,我慢慢了解到金蝉的一些人生经历。他原是北京一所名校的高才生,毕业后分配到这里。那时,单位只有五十来人,他显得鹤立鸡群。好像是他来后大半年的一个晚上,不知怎的,住在他隔壁的女会计发出凄厉的尖叫。等大伙儿跑过去一看,他光着大半个屁股已被抓了起来,而女会计正躲在被窝里哀号哭泣。地上,散乱地丢弃着女人的胸罩和粉红色的底裤……围观的人们立马明白了,趁机对他进行一通狠狠的"修理",他的瘸腿就是那时给打的。

没想到一年后,他从监狱里回来了,扣在他头上的"强奸犯"罪名竟是一起冤案。单位无条件地收留了他,他却主动提出看大门。这一看就是四十

多年。

我在为他叹惜的同时,曾根据记忆查了一些百科辞典,想搞清楚那些密码是什么意思。可一无所获。

一日,在同他一起跑步的时候,他问我:"老邝死了,明天你去参加追悼会不?"他在说这话时,露出难以言说的激动和紧张。老邝叫邝林山,是这个单位最早的职工,曾任过办公室主任。昨天已有人通知我老邝去世的消息。我说:"要去的。"

在殡仪馆,我和金蝉站在最后排。在阵阵哀乐声中,我竟听到了他在用鼻子轻轻地哼唱。别人可能听不清,也许以为他在祈祷或伤心。只有我明白,他在唱许冠杰的那首《天才白痴梦》。

从殡仪馆回来,他显得极为疲倦。我搀扶他走进门房,这次他没有立马撵我走,而是拿起油笔,在西面墙上写下所谓的"密码":〖③……√,15,3/4。

刹那间,我心中一片悲凉,似乎明白了什么。

我问他:"还有多少?"他没有直接回答,只是嘿嘿地笑,笑得那条瘸腿一抖一抖的。临走,他交代我说:"一定要天天锻炼哦,笑到最后才是赢家!"

回到宿舍,我的心慌得都要飞起来。刚好老婆打来电话,问我最近身体如何。我答非所问地问她:"这半辈子,有没有人特别恨我们?"老婆说:"你发什么神经?"

我说:"从明天起,我就不再锻炼了,像猪一样地活着。"

说完,我挂了电话。我能想象到,老婆那半张的嘴巴和一脸的愕然。

一个人和一棵树

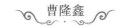

曹隆鑫

竟有一个人拦住我,说我是一棵树!

我不是树,我是一个写小说的人。近段日子江郎才尽,搜肠刮肚也写不出几个字。我在小区里四处走走,看见每一个人都装满故事,很多个故事在我眼前晃来晃去。我拦住他们,给他们行礼,给他们说好话,我想听听他们的故事,但他们就是不肯跟我说。我拿钱去换他们的故事,这样的好事他们都不肯干,反而说我疯了。他们见我就说我是疯子,他们从没有把我当成一棵树。这人开口就说我是一棵树,难道我是碰上了真疯子?我干脆一动不动地把自己站成一棵树,听他把疯话继续说下去。

他说:"好,好!"他围着我转了个圈,然后用手拍拍我的腰,嘿嘿地笑起来,自言自语地说:"真是一棵好树!"他转过身,屁股对着我,从兜里摸出手机,摁了几个数字,咋咋呼呼地喊:"挖机挖机,马上开过来!"

他是要动用挖机把我挪个地方吗?他要把我挪到哪里去?我把话憋在喉管里,忍不住想和这个疯子玩玩。我快速地走到他前面去,张牙舞爪的。他扭过头去,说:"咦,树呢?"他马上转过头,双脚也立即行动起来,还嚷:"站住站住!又是一棵会跑的树,真不让人省心!"

我说:"我不是树!"

他上来一把抱住我，说："我的眼睛不会骗我，你就是一棵树！"

我说："你听说过树还会说话吗？"

他说："乡下的树都会说话，乡下的树还很野蛮，我去一次乡下都被那些树骂一次，它们不光骂我，还打我。"我有些跟不上疯子的思维，索性不说话。

他说："城里的树也会说话，城里的树也会骂人，但城里的树不会打人，我不怕它们，但我怕它们跑。我一不留神，它们就跑了，追也追不上。"

他用力地抱住我，我任由他抱着。他才松一口气，说："城里的树实在是太多了，早知道城里有这么多的树，我当年就不用那么千辛万苦去乡下挪树了！"

我说："你把树从乡下挪到城里来，一定赚了不少钱吧？"

他嘿嘿地笑着，说："跟你说实话，我当初以为数钱会很有趣，我后来才发现，数树叶比数钱还要有趣。"

我说："你要把我挪到哪里去？"

他说："我要把你挪到乡下去。我这是还债呢，乡下的树恨我挪走了它们的兄弟姐妹，一见我就骂我，我的根是在乡下，老话讲叶落归根，我怕老了回不去了。现在好了，终于逮到一棵树，我要把你挪到乡下去。别怕，乡下的空气好着呢，乡下人骨子里喜欢树，你到了乡下你就算到了家，到自己的家你还怕什么呢？我会一直陪着你，你不是喜欢听故事吗？你是一棵很特别的树，其实我注意上你已经很久了，到了乡下，我会天天陪着你讲故事。我有很多的故事，你要不要听？"

我说："我要听，我们非得去乡下吗？"

他说："故事都是在乡下发生的，在那儿讲比较扣题。"

我说："好，我们现在就去乡下。"

他说："你真是一棵好树！"

他说："咦，挖机怎么还不来呢？"

我说："我能走着去。"

他松开手,我就在他的身边走了两步,我说:"怎么样,我真的能走!"

他说:"好,我们现在就出发!"

我说:"出发!"

老 兵

胡 玲

　　单位招门卫，招聘启事贴出去很久了，一直没招到人。应聘者要么嫌工作时间太长，要么嫌福利待遇不好。

　　这天下午，一个人影在办公室门口晃动，我走过去，吓得差点儿叫出声来。站在我面前的是一个丑陋无比的男人，四五十岁的样子，瘦削的脸上布满了道道伤疤，像无数条狰狞的蜈蚣匍匐于脸上。男人个子很高，背有点儿驼，穿着一件洗得发白的旧军装，肩上斜挎着一个褪了色的绿军包。

　　"我是来应聘门卫的。"男人朝我讨好地一笑。他笑的时候，脸上的疤痕显得更加突兀可怕。

　　听到有人来应聘，人事部的赵经理高喊一声："应聘的，过来！"

　　男人扯了扯身上的军装，走了进去。

　　"同志，您好！我是来应聘门卫的。"男人直挺挺地站在赵经理的办公桌前，像个训练有素的大兵正接受上级的检阅。

　　看到男人，赵经理也吓了一跳。"你脸上的疤怪吓人的。"赵经理面带愠色。男人像做错了事情一样，有点儿歉意地脸红起来。

　　"你是哪里人？"赵经理朝男人上上下下打量了一番问。

　　"我是湖南桑植的，贺龙元帅的故乡。"男人的语气中透着一丝骄傲。

"带证件了吗?"赵经理问。

男人从绿军包里掏出一个红绸布包着的东西,打开,里面是三个红本本。男人将红本本小心翼翼地递到赵经理面前:"这是我的证件,请您过目。"

赵经理拿着三个红本本瞄了几眼,丢在了桌子上。"你有做门卫的工作经验吗?"

没有,我以前一直在老家种地,媳妇前段时间检查出得了重病,需要很多钱,我才出来打工的。男人的肩膀微微颤抖了一下,丑陋的脸上闪过一抹悲伤之色。

"不行,没有经验的我们不要,你走吧!"赵经理斩钉截铁地说。

"我能吃苦,还有一身力气,干门卫工作应该可以的。"男人憨厚地说。

赵经理斜了男人一眼,没好气地说:"门卫就是保护我们单位的财产和人身安全,你年纪一大把了,怎么做得了?"

"我可以的,真的可以,我练过散打,也懂一些安全救助知识,一定能够干好门卫工作的!"男人有点儿着急地说。

"我说不行就不行,你就别啰唆了!"赵经理的头摇得像拨浪鼓。

"您让我试试吧! 哪怕工资低点儿也行,我媳妇病得不轻,我急需钱,急需一份工作。"男人带着央求的口气。

"对不起,这里不是慈善机构。"赵经理冷冷地说。

男人强挤出一丝苦笑,从桌子上拿起三个红本本,认真地用红绸布包裹好,轻轻地装进包里。那谨慎细心的样子,仿佛他放进去的是价值连城的稀有珍宝。

男人黯然地走出了办公室。

几星期后,单位购买了一批办公家具,需要搬到五楼办公室去。单位后面有座桥,桥上每天聚集着许多等活儿干的人,我决定去那里找个搬运工来帮忙。

桥上,站着许多人,他们有的拿着扁担,有的拿着铁铲,有的坐在三轮车上。寒风中,他们缩着身子,跺着脚,神情茫然地等着人来雇他们干活儿。

我走过去,一大群人蜂拥而上。有活儿吗? 多少钱? 给我做吧! 他们

争先恐后地说着,把我密密实实地围在了中间。

"有一批家具要搬到五楼,五十块钱做吗?"我问道。

钱太少了,做不了。一听我报的价钱,一群人悻悻散去。

我正准备加价时,一个声音响起:"这活儿我干。"我顺着声音望过去,又看到了那个满脸伤疤的丑陋男人,他依然穿着那身旧军装,挎着绿军包,身上和包上沾满了污垢。

"还没找到工作吗?"我问他。

男人苦涩一笑,是呀,一个多月了,什么工作也没找到,别人要么嫌我老,要么嫌我脸上有疤。实在没办法,我就和他们一样在桥上蹲点,也好寻些力气活儿做。

到了单位,男人二话没说,放下绿军包,扛起一张桌子就上楼去了。

没多久,男人就把所有家具搬上了五楼。虽然是冬天,但男人的旧军装已经被汗湿透了。

我递给了男人八十块钱,男人又退给我三十块。"说好了五十块的。"男人朴实地笑着说。

男人走后,我发现他的包掉在我这里了。

我打开男人的包,打开红绸布,看到那三个红本本。一本是退伍证,证书照片上的一张脸年轻帅气,英姿飒爽。退伍证的纸张虽已泛黄和起皱,依然能清楚地看见上面的字迹:南滨市某步兵部队,陈青山同志于1994年4月光荣退伍。一本是部队颁发的二等功证书。一本是伤残军人证,写着陈青山在某次救火中不慎烧伤了脸。

男人很快就折了回来,十分着急的样子,看到我手里的包,他松了一大口气。"差点儿忘了我最重要的东西。"男人说。

男人脸上的伤疤,在阳光的照耀下像一朵美丽的鲜花。我怀着敬重的心情,双手把包递到男人手中。

男人往桥的方向走去。夕阳将他的背影拉得长长的,透着无尽的苍凉。

王柱的亲事

程宪涛
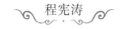

黄老三给王柱出难题:两天之内,要搓完半囤子苞米。如果以现在的设备,搞一座粮仓都成,那时候是强人所难,对不善劳作的王柱,好比去水里捞月、上天摘星星。

之前的事儿,用黄老三的话说,癞蛤蟆想吃天鹅肉,王柱要和黄荣好。黄荣是黄老三的老闺女,黄老三有三个儿子一个闺女,闺女是父母的小棉袄。虽说女大当嫁,是终身大事,但是王柱家三代唱蹦蹦戏,不是正经庄户人家。

在那个年代,唱戏艺人属漂流行,地位比窑姐还低,去窑子唱戏,管窑姐都要叫姨。可见唱戏艺人身份。媒婆不知深浅,也是见钱眼开,以为三寸不烂之舌,能够摇动黄老三。她刚把来意说清,黄老三一口唾沫飞出,在媒婆眼前划过去,差点儿落在媒婆鞋上。黄老三反剪着双手,把后背留给了媒婆。媒婆被晾在院子里,不知应该是进还是退。

出乎黄老三意料的是,黄荣和王柱你情我愿,黄荣非他不嫁,王柱非她不娶。且不说黄荣心思,单是王柱的想法,就让黄家感到辱没门楣。为消除影响,争得脸面,黄家采取措施应对:通告全村人,这是王家一厢情愿。

黄荣妈站到了大街上。"街"在东北乡村读"该"音。村落二十余户人

家,分布在北侧山坡上。黄荣妈站在高处眺望,各家院落尽收眼底,声音实现全覆盖。黄荣妈准备"骂大街"。乡村骂大街有讲究,一种是直抒胸臆法。对被骂者直接打击,从祖宗十八代开始,用牲畜等做比喻,从生殖器到人类起源,万箭齐发直扑敌方。其二是指桑骂槐法。对手不敢接茬儿,接茬儿等于承认事实。还有一种是一唱一和法,俩人左一句右一句,配合默契遥相呼应,就像在唱蹦蹦戏。种种骂法不一一列举。一般来说有对方迎战,骂大街就热闹了。黄荣妈从日头偏西,一直骂到太阳落山。王柱家无人应战,黄荣妈得胜而回。

黄家对外灭绝念头,对内将黄荣软禁。比如禁止黄荣上街,禁止黄荣去听蹦蹦戏,禁止黄荣去街头耍笑,等等。黄荣开始拒绝吃饭,把自己关在屋子里,又是哭又是笑的。她做事情失去了章法,纳着鞋底时,哎哟一声扎了手指;在灶台做饭时,把大饼子贴在门上;手里拿着剪子,却满世界寻找。她好像失去了魂魄。在傍晚时分,黄老三打桶井水,沿着大街洒水叫魂,没有效果。请了镇上郎中瞧,吃了半个月草药,也没有好转的迹象。

半夜天降大雪,黄老三起夜,看见院落中一雪人。原来是王柱站着,满身落满了雪花。

黄老三大声嚷道:"你这是唱哪出戏?站成索罗杆咋的?"

王柱抖着身子道:"你不听俺说话,俺一直这么站着,把自己冻成冰棍。"

黄老三道:"出了人命担待不起,你有话说有屁放。"

王柱说:"希望您应允婚事。"

黄老三道:"你是庄户人家孩子吗?瘦得像麻秆儿一样,肩上不能担柴,手里不能拿镐,背上不能背篓,除了唱戏有啥本事?拿啥养家糊口?拿啥养俺闺女?"

王柱道:"咋样才能应允婚事?"

黄老三道:"说太阳从西边出来,好像是在刁难你。这样吧,这是俺家苞米囤子,俺要把苞米磨面儿,需要搓半囤子苞米,你要是在两天之内,把这些苞米搓了,俺就应了这门亲事。"

以前,乡里人搓苞米棒子,完全依靠人工作业,就是用手搓。黄老三家苞米多,如果依靠王柱一家搓,恐怕十天半月也搓不完。那是不可能完成的任务。

王柱闷着头回家了。黄老三忘了尿尿的事,回到屋子里钻进被窝儿。媳妇问刚才和谁对话。黄老三得意道,安心猫冬睡觉,断了王家的念想。热炕头儿上,黄老三搂着媳妇鼾声如雷。

一家人睡到日上三竿。听见窗外人声嘈杂,黄老三对着窗户哈口气,润透了窗上的霜花,一只眼睛瞄瞄户外,再侧耳朵倾听,原来是左邻右舍等,扶老携幼去王柱家听戏。

黄老三叹息一声,道:"狗改不了吃屎。"并且对家人严明规定,谁家去听蹦蹦戏,咱家人也不能去看!说着这话的时候,王柱家传来了胡琴声。黄老三一家猫了一整天。

第二天头晌,王柱把半囤子苞米粒用三轮车推来了。黄老三家半囤子苞米全成了金黄的颗粒。

黄老三质疑:"咋这么快?"

王柱道:"俺给邻居们唱蹦蹦戏,俺不要份子钱。只要一边听俺唱戏,一边搓着苞米。"

漏　洞

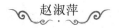

赵淑萍

　　桌上座机骤然响起,吓了他一大跳。

　　电话那头自报家门:"我是小刘,今天你在吗?"

　　仿佛他的存在终于被记起。半年前,他被雇用,守护这幢别墅。记得上班第一天,搬进了几十张折叠桌和比桌子多一倍的椅子,似乎要进行什么活动,还安装了一部电话机。他总以为随时会有人来聚合。他每天得保持接待的状态。当然,如果有人聚合,预先会来电话通知,那么,他就会用电热壶烧水。可是,座机持续沉默。隔段日子,他就把桌椅上的灰尘擦拭一遍。桌椅和人都始终保持着等候的姿态。

　　夏天,他怕热,开空调。冬天,他畏寒,也开空调。他严格按照作息时间上班下班。他甚至认为,这是对他是否忠于职守的一种考验。有些事情往往是这样的:久等不来,仅仅离开片刻,事情就来了。崭新的桌椅和他一起接受考验。渐渐地,无事等有事,他习惯了这种等待的状态,养兵千日,用兵一时嘛。三层楼,他上上下下巡视。有时,他坐在拼起的长方形会议桌主席台的位置,对着一圈桌椅说话,好像那里坐着一个个隐身人。他说:"还没到,请继续耐心等待。"他还将嘴对着并不存在的话筒,试一试音响。

　　偶尔,他会闪出一个念头:是不是"他们"遗忘了这个地方? 大多数时

间,他坐在办公室里,一副接待来访的样子,他时不时瞥一眼座机。他怀疑线路出了故障,因为座机持久保持着沉默。他打过一个电话:用座机打自己的手机,然后用手机打座机。似乎有两个人同时向对方打电话。他拿起哑铃似的听筒,喊"喂喂喂喂"。

今天,总算接到了电话。其实,他还想多说几句。"我过来一趟。"小刘说。那么他该做什么准备呢? 他庆幸,双休日他照样到位。弄不好是一次即兴抽查,他得意自己时刻"准备"着呢。

他看了看整齐干净的长方形会议桌,安慰道:"好,好,就这样!"

他打开防盗门,再去打开院子的铁栅栏门。围墙的铁条,不知被哪个淘气的小孩拔掉了好几根。到处是洞,院子可以自由进出。不过,他总是阻止或驱赶进来的人。他打算请示围墙修补……当然,这是他的失职,可能的话,他晚上住宿……问题是空调耗电量会上去。

小刘似乎成熟了,娃娃脸上布满了胡子。他记得半年前,五六个人当场选定他——管好这幢别墅,具体由小刘联系。他看出其余几个都能管小刘,但小刘管他。当时,小刘交给他一把钥匙,自己也留了一把。县官不如现管,他记住了小刘的娃娃脸。他盼星星盼月亮,终于盼到……他叮嘱自己:沉住气,老大不小了。

他陪着小刘检阅桌椅——似乎椅子上坐满了人,就等领导出现。他注意小刘的表情,小刘的表情中会流露出对他半年工作的评估。然后,小刘会把"鉴定"向"他们"汇报。

然后,他跟着小刘,来到门一侧墙角,那里放着几张折叠起来的桌子,紧密地排列着。他想介绍:这几张桌子暂时闲着,随时替补出毛病的桌子。

小刘拉开一张桌子,然后又合上不锈钢桌脚,说:"这个……女儿做家庭作业用,我拿回去了。"

他的脸,堆起笑。他想,之前的检查,都是形式,现在到了实实在在的内容。不过,他说:"这桌子,收起来方便,对对,不占地方。"

　　小刘迟疑片刻,表情严肃起来,说:"电表怎么跑得这么快,这幢楼闲置这么久,耗电却这么厉害。"

　　他的脸一阵发烧,像被抓住把柄,说:"我这个人,夏天怕热,冬天怕冷,我……我以后尽量少用空调。"

　　小刘已搬桌出门。

　　他追上去,说:"我来,我来。"

　　小刘径直出了铁栅栏大门,把收了脚的桌子塞进轿车后备厢,坐进驾驶室,系上安全带。

　　他望着瞬间散开的白色尾气。他想,要是"他们"发现少了一张折叠椅,岂不是认为我是老鼠守谷仓了吗? 他咬咬嘴唇,咽了口唾沫。继而又想,"他们"不可能管得那么细吧? 刚才小刘指出空调,其实是针对桌子——堵住他的嘴。他想:要是不接那个电话会怎样? 双休日还来"上班"。

　　他关上两道门,关上空调,打开窗户,冷空气立刻占领了办公室——所谓门卫的房间,又空又冷。他望着围墙缺失的铁条——像被拔了牙。他竟然忘了汇报"补漏洞"的事情。冷空气,已透过羊毛衫,侵入皮肤,渗入骨髓。他打了个响亮的喷嚏,像一台陈旧的机器突然被发动,打得他满眼泪花。接下来的第二个喷嚏,想打都打不出来了。

夏四姥姥

胡金洲

夏四姥姥双手撑着沙发棱沿，两腿"咯吱"一声，弓虾似地站起来，挪到窗口，推开推拉窗，伸出头，东瞅西瞄。

沈琴和老公一早说是到超市买芝麻糊去了。墙上挂钟整整敲了十一下，夏四姥姥的目光被远处的道口折断了一次又一次，先瞅两对疯疯打打的小年轻，后瞅见相互搀扶的一对老夫妻，就是没瞅见他们的人影。

夏四姥姥打小爱吃芝麻糊，宁可三日无肉，也不可一日无芝麻糊。那年头，芝麻糊得在家自己拾掇，托人从乡下买半斤八两黑芝麻粒儿，费老大个劲了。家里冰糖没有，蜂蜜更没有，白糖倒有一点儿，但得凭一年一张的三两糖票换来。糖罐里一次舀上一丁点儿，沾个甜味就成。

夏四姥姥由儿女轮流赡养，儿子把她送到沈琴家时，一遍遍向沈琴叮嘱买芝麻糊的事。

沈琴两口子回来了。

两口子拎着一个鼓鼓囊囊的红布袋出门，回来两手空空。他们去医院看一个住院的老同学，撒谎说给夏四姥姥买芝麻糊。一进门，老公知道大事不妙，溜进夏四姥姥的卧室，找出一包刚开封的芝麻糊，塞进沈琴的红布袋，让沈琴扬起袋子在夏四姥姥眼前摇晃，煞有介事地大声说："谢天谢地！芝

147

麻糊总算买到啦!"

夏四姥姥坐在沙发上,装着看电视,不瞅二人一眼,说:"我等着吃你们的芝麻糊吗?出去一天也不想想家里还有一个人,搞啥名堂!"

走进厨房的沈琴围着大布兜,喊:"老公!快过来做饭!吃了饭妈还要打麻将呢!"转头瞅瞅夏四姥姥:"妈!还打不打呀?"

"打你个头!"夏四姥姥笑了。

除了芝麻糊,打麻将是夏四姥姥另一个雷打不动的嗜好。打麻将是沈四外公教的。沈四外公去世后,夏四姥姥就迷恋上了打麻将。每天下午三点开始,五点半准点收场。所以,三个儿女家家置有麻将桌。夏四姥姥轮住到沈琴家前两天,沈琴换了个电动麻将桌回来。手指头一摁,四排"长城"呼啦啦从桌子底下升起来,节省了很多劳动力。夏四姥姥喜欢听呼啦啦的声音,更喜欢摁电钮,每次开桌,大家就让她一个人摁,从来没人跟她抢。

夏四姥姥打麻将是有专座的——一把太师椅,到现在也不知道是红木还是杂木,反正很沉。紫红色,一根半弧形搭脑将靠背与扶手连接在一起,看起来很单薄,实际上很结实。夏四姥姥和沈四外公成亲时,夏四姥姥钦点后从老沈家搬来的。她三岁时由母亲带到老沈家去串门,第一次坐的就是这把太师椅。原来它是沈四外公的宝座。夏四姥姥在儿女家轮住,太师椅是她必带的随身之物。到沈琴家,沈琴为搬这把椅子给了搬运工五十块爬楼费。

一个收破烂的老头儿上楼来收旧报纸,看见这把椅子,围着椅子前后转了几圈,突然说:"我买下来!"

沈琴随口问:"多少钱?"

"八百块!"

正愣着,夏四姥姥一跺脚:"不卖!它是我的陪葬品!哪天我烧,它也烧!"

把老头儿给轰出去了。

过后,夏四姥姥说:"这是妈的一个念想,死了的人,不就图活着的人对他有一个念想吗?"

大外孙女小兰说:"您的念想还少吗? 外公的一双破袜子,您当宝贝穿脚上,您不嫌硌脚吗? 对我们有意见也不能这样提呀!"

夏四姥姥咧嘴笑了起来。

太师椅搁麻将桌旁的方位,夏四姥姥也是有讲究的。她选择坐北朝南。这是老爷子生前坐的方位。也是奇怪啊,太师椅朝南向,夏四姥姥就好像没怎么输过。虽然屁和多,但钱还是像河里涨水似的,哗哗朝她怀里涌。每次散场,她面前小抽屉里堆得像座小山,虽然尽是一元的纸币和钢镚儿。她也不看一眼,小抽屉一推,站起来走人。沈琴过来就清理战场,清理好再作下次上桌的资本。

上场有四个人,夏四姥姥、沈琴、沈琴的老公。还有一个凑脚,或是二女儿或是小兰或是对面的邻居。沈琴和老公是夏四姥姥固定不变的牌友,特别是沈琴老公,没他上桌,夏四姥姥是不会打牌的。大家都知道,夏四姥姥牌里缺什么他就打什么。有他这个运输大队长,夏四姥姥不和牌是说不过去的。

夏四姥姥打了一圈,突然起身上卫生间。夏四姥姥回到座位上,沈琴偷偷在桌子底下踩踩老公的脚背。这是他们之间的一个联络暗号:当好运输大队长! 老公不高兴,乜斜了她一眼。接连打了三圈,都让小兰赢了。

沈琴一脸怒色,偷偷责问:"今天你咋搞的! 梦游哪!"

老公没吱声,闷着头只顾自己起牌摆牌。

赢了钱的小兰下场,小兰背着手,在她爸身后看牌,突然喜滋滋地叫了起来:"老爸! 好牌耶! 赢个大和耶!"

沈琴的老公得意地瞅瞅夏四姥姥,说:"那是必须的!"

两指头夹起一张四饼扔到桌子上。

夏四姥姥低头瞅瞅,顺手捡起来,两手将面前一排整整齐齐的麻将轻手

一推，咧着缺牙的嘴笑了起来。

"真是个人瑞！"小兰兴奋地跳了起来，"清七对（清一色七对饼牌）！拿钱来！你们快快拿钱来！"

夏四姥姥头一低，不说话。

大家再看她，夏四姥姥只剩出气没有进气了。

夏四姥姥要走，早有征兆。

前天，她要小女儿给她洗澡，小女儿说："我今天没带衣服来，澎湿了我没衣服换。"

夏四姥姥说："穿我的！"

缠着小女儿去卫生间给她洗了一个澡。

再看卧室，床头柜上的日历，夏四姥姥习惯见天扯掉一张，让自己知道这一天开始了然后结束了。洗澡这天，她一连扯掉了三张，提前扯到了她过世的这一天。

来贺白喜事的亲朋好友一走进殡仪馆，个个啧着嘴说："夏四姥姥过世得真明白真利亮！既不磨自己也不磨儿女，还给人一辈子念想！"

沈琴不爱听，开始还忍着，后来忍不住了，捂着脸大哭，哽哽咽咽地说："不是你们的娘是吧？我不要念想，我要她现在像个植物人一辈子躺床上！呜呜！那样，我好歹总还有一个娘呀！"